KB102937

다시 파이널!

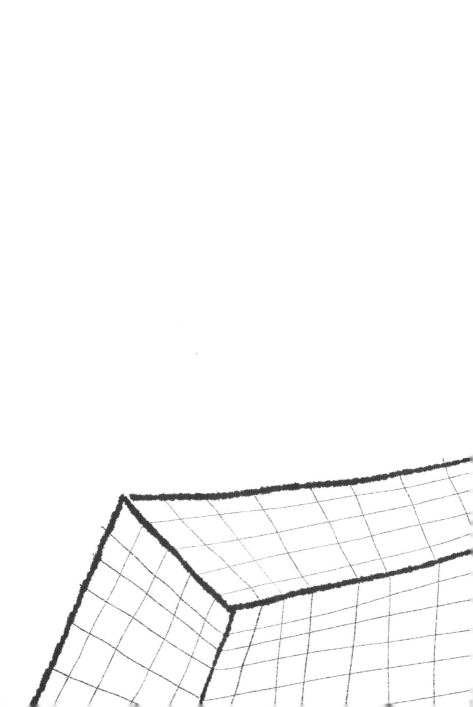

다시 파이널!

신채연 글

꿈꾸다

차 례

No 1. 서정훈

1은 참 맘에 든다. 적당하게 아래로 쭉 긋기만 하면 되는 숫자. 만족스럽게 1을 쓰고 나면 할머니는 얼른 다음 숫자를 기대하며 연필 쥔 내 손을 눈에 넣을 듯 쳐다봤다.

2는 어렵다. 동그라미를 그리는 척하다 비스듬히 내려와서 옆으로 쫙! 고난도다. 척, 하는 것도 싫은데 게다가 고난도니 진짜 별로다. 인생이 매번 척, 하면서 살 수 없어서 힘들지만 그렇다고 매번 고난도만 만나는 건 아니다.

"골키퍼 해 볼 사람?"

4학년이 되자 드디어 기회가 왔다. 골키퍼 테스트를 받기 전까지 난 등번호에 새겨진 숫자 '1'이 맘에 든다는 이유 하나만으로 손을 번쩍 들었다. 나에게 골키퍼 테스트는 적어도 난도 '하'였으니까. 혼자 묵묵히 골문을 지키는 선수! 골키퍼 서정훈. 난 꿈을 향해 달리기로 테스트를 받던 그날, 결심했다.

나는 정말 열심히 했다. 초등학교 졸업식 날 '학교를 빛낸 공로'가 크다며 공로상을 받았다. 공로상은 우리 할머니 동동희 여사가 좋아하는 나이 좀 있는 연예인들이 받던데. 어쨌든 상은 받으면 좋은 거다. 동동희 여사랑 고모가 손이 떨어져 나가라 손뼉 칠 때 다짐하고 말았다. 전국 축구 대회에 나가서 꼭 우승해야겠다고. 할머니는 비행기 타고 다른 나라가는 건 절대로 안 된다고 버릇처럼 말하지만 나는 꼭 가고말 거다. 축구의 본고장, 영국으로!

유치원에 다니기 시작할 때, 할머니는 나를 동네 축구 교실에 보내 주었다. 고모는 다친다며 못마땅해했지만, 할머니는 놀아야 건강해진다고 했다. 그때부터 지금까지 먹고 자는 거 다음으로 가장 자신 있는 게 축구다.

"축구해서 성공할 확률이 로또하고 똑같대. 왜 사서 고생을 해?"

고모는 내가 축구하는 게 맘에 안 든다고 했다. 평범한 게 좋은 거라면서. 엄마 아빠가 네팔로 떠난 지 십 년이 되었지만 돌아오지 않는 이유가 평범하지 않아서라고 했다.

"지가 하고 싶은 거 하게 냅둬라."

어쨌든 동동희 여사가 아니었다면 나는 내 인생에 한 번도 쓰일 일 없는 방정식이나 함수를 정복한다고 머리를 쥐어짜고 있었을 거다. 그뿐 아니라 세종대왕님께 미안한 마음 한가득 안고 영어 문법과 싸우며 학원에서 나의 전성기를 마감할 뻔했다.

중학교에 입학하고 학교 신문 1면에 내 사진이 대문짝만하게 나왔다.

〈신라초 축구 영재, 서정훈 본교 입학〉

스포트라이트를 받으며 나의 중학교 축구부 생활이 시작되었고 2학년이 된 지금, 나는 최고를 향해 진행 중이다.

손꼽아 기다리던 전국 중학교 축구 대회 본선이 드디어 오늘부터 시작되었다.

어젯밤에 내가 한 일이라곤 사진 찍을 때 손가락을 어떻게 해야 하나 고민한 것뿐이다. 다행히 오늘 촌스러운 브이 말고 파이팅을 외치며 기념사진을 찍었다. 선호는 끝나고 찍자고 투덜댔는데 어차피 이길 거니까 난 상관없었다.

"이번 대회 우승하면 영국 청소년 축구 클럽팀에 교환 학생 자격으로 갈 수 있게 되니까 열심히들 하길 바란다."

감독님의 말을 듣고 내 방문에 붙여 놓은 세계 지도를 볼 때마다 가슴에 손을 얹고 다짐했다. 꼭 우승할 거라고. 지도를 보면 영국은 우리나라에서 겨우 한 뼘 떨어져 있다.

〈학교를 빛낸 신라중의 자랑 서정훈! 축구 영재 영국 진출〉

시합이 끝나고 학교 신문 제일 앞면에 우승 기사가 나오는 상상만 해도 온몸에 돌고 있는 세포들이 발끝으로 모이는 기분이다.

시작부터 출발이 좋다. 1승의 기쁨은 오래간다.

"정훈이 반사 신경 완전 짱이지 않냐? 어떻게 그걸 막아 내냐고?"

시합이 끝났는데도 태주는 아직도 페널티 킥 상황을 중계하며 날 존경스럽게 바라봤다. 침을 튀기며 감동 중이다. 이놈의 인기는 언제 수그러들지 모르겠다.

"와, 난 진짜 먹히는 줄 알았다니까. 아! 아직도 심장이 쪼그라드는 것 같아. 으으윽 헤헤헤."

태주 녀석 감동받다 못해 이젠 눈물까지 글썽이는 꼴이라니. 사내자식이 저렇게 약해 빠져서. 그러니까 만날 후보인 거다.

"야! 황선호! 아까 너 때문에 위험했잖아. 어휴!"

태주가 가슴을 쓸어내리는 척하며 선호에게 눈을 흘겼다.

서정훈 축구 인생 10년 동안 몇 번 긴장되는 순간이 있었는데 그게 오늘이었다. 선호 때문에 위험했던 상황, 태주가 말하는 그 상황이다.

후반전 1대 0. 우리가 이기고 있었다. 종료 3분 전. 3분만 지키면 승리는 우리 거였다.

휘리리릭! 갑자기 주심이 휘슬을 불며 달려왔다.

최전방 수비수 황선호가 어이없는 반칙을 하고 말았다. 골문 앞에서 태클이라니! 상대방 선수 한 명이 골대 앞에 엎어져서 데굴데굴 굴렀다. 느낌이 좋지 않았다. 주심이 선호 앞에서 레드카드를 들어 올렸다. 골대 앞에 모여 있던 수비들이 팔을 내저으며 아니라고 했지만 소용없었다. 상대방 녀석이 발목을 잡고 바닥을 뒹굴었고 곧 들것에 실려 나갔다. 반칙도 공간을 봐 가면서 해야지! 정말이지 선호 자식 발목을 확 밟아 버리고 싶었다. 인상을 박박 쓰고 있는데 감독님이 준비하라는 손짓을 보냈다.

못 막으면 힘든 연장까지 가야 한다. 본선부터는 토너먼트 형식이기 때문에 한 번 지면 짐 싸서 가는 거다. 상대 팀 스트라이커가 공을 튕기며 나를 노려봤다.

'황선호! 넌 끝나고 나한테 죽었어!'

다 된 밥에 재 뿌린 선호를 원망하며 골대 중앙에 자리를 잡고 섰다. 녀석과의 거리 11미터. 산술적으로는 11미터 거리에서 찬 공의 속력을 반응 속도가 따라가지 못하지만, 이건 어디까지나 산술적인 계산이다. 상대방 녀석이 이미 겁을 먹고 있는 게 보였다. 저 녀석은 못 넣으면 자기 팀에서 완전히 까이는 거다.

녀석의 발이 움직였다. 내 눈도 녀석의 발을 따랐다. 공이 내 얼굴을 향해 정면으로 날아와 코뼈가 으스러진다 해도 나는 꼭 잡고 말 거다. 나는 서정훈이니까. 드디어 운명의 순간이 다가왔다. 팔을 뻗는 순간 함성이 들렸다.

'픽!'

경쾌한 소리! 높게 뻗은 오른손 끝에 녀석이 날린 공이 걸려들었다. 장갑 끝에 걸렸던 공이 골대를 가볍게 넘어 그물 뒤쪽으로 넘어갔다.

"우와! 대박! 8강 진출!"

역시 내 판단은 빗나가지 않았다. 녀석의 디딤 발을 끝까지 놓치지 않은 게 적중했다. 상대 팀 녀석이 모랫바닥에 털썩 주저앉았다. 승부는 냉정한 거다. 주저앉아 얼굴을 감싼 녀석 앞에서 나는 손을 번쩍 들어 올리며 환호성을 질렀고 골대 근처에 있던 애들이 달려와서는 나를 부둥켜안고 펄쩍펄쩍 뛰었다.

"넌 진짜 강심장이다! 어디 보자, 혹시 쇳덩이 아냐?"

대기실로 가면서 태주가 장난을 쳤지만 웃을 수 없었다.

"야, 황선호! 너 무슨 생각으로 거기서 태클 걸었냐?"

만약 오늘 졌다면 그냥 안 넘어가려고 했다.

신경 쓰이는 전봇대

담임이 아침 조회를 하며 우리 학교 축구부가 전국 중학교 축구 대회 8강에 진출했다고 발표했다.

"정훈이가 마지막까지 선방한 덕분이지! 우리 신라중학교 이름 한번 날리자고!"

담임이 주먹을 들어 올리며 파이팅을 외쳤다.

"요홀, 서정훈 짱이다!"

"미래의 월드컵 국가대표! 정훈아, 나 사인 좀 해 줘."

이런 관심, 싫지 않다.

"자! 정훈이 사인은 좀 있다 쉬는 시간에 받도록 하고. 오늘은 우리 반에 새로운 친구가 왔다."

선생님이 교실 앞문을 열더니 누군가에게 들어오라고 손짓했다. 연예인같이 잘생긴 애는 좀 밥맛이라고 생각하는 순간 전봇대 같은 길쭉한 애가 들어왔다. 혹시 고등학생인데 잘못 온 건 아닌가 할 정도로 키도 크고 덩치도 좋았다.

"이름은 송대범이다. 오늘부터 우리 반에서 함께 지낼 친구다. 대범아, 친구들한테 잘 부탁한다고 뭐, 그런 인사는 해야지?"

전봇대 같은 남자애가 건들거리며 귀를 한 번 후비더니 후! 하고 불었다.

"이름 송대범. 특기 축구. 포지션 골키퍼. 끝. 아, 러블리 애플 팬. 잘 지내보자."

갑자기 교실이 정전된 것처럼 고요해졌다. 꼭 선생님이 애들한테 족집게 시험 문제를 조용히 알려 주는 것 같은. 그래도 마지막에 아이돌 좋아한다는 말이 인간적으로 들려서 다행이었다.

"선생님, 쟤 축구 선수예요?"

태주가 손을 번쩍 들더니 벌떡 일어나 물어봤다.

"제주도에서 꽤 유명한 골키퍼로 활동했다고 했지?"

선생님이 전봇대를 쳐다보며 확인하듯 물었다. 그러더니 생각났다는 듯 들고 있던 서류를 살피며 말했다.

"아, 영국에서도 잠깐 지냈다고?"

"우와! 영국?"

태주가 놀라서 입을 벌린 채 자리에 앉았다. 나랑 태주 소원이 영국 가서 손흥민 형이랑 사진 찍는 거다. 어쩌면 저 전봇대 같은 애는 손흥민을 봤을지도 모른다는 생각이 들자 갑자기 달라 보였다. 말로만 듣던 영국 맨체스터 물을 먹은 거야? 감독님이 아시면 당장 축구부로 데리고 오라고 할 것 같았다.

"자! 멀리서 왔으니까 많이 도와주도록 한다. 키가 크니까 저기 맨 뒤에 까만 티셔츠 입은 애 옆에 앉도록 해."

담임 손가락이 내 얼굴을 가리켰다. 우리 반에서 가장 키가 큰 내 옆자리가 비었다는 걸 새까맣게 잊고 있었다.

"오홀! 축구 지존들의 극적 만남!"

애들이 재미있다는 듯 나랑 전봇대를 보면서 환상의 조합이라며 호들갑을 떨었다. 전봇대가 나를 보며 어색한 웃음을 날렸다. 쉬는 시간에 손흥민을 본 적이 있는지 물어봐야겠다고 생각하며 나도 똑같이 어색하게 웃어 주었다.

쉬는 시간이 되자마자 앞에 앉은 태주가 몸을 휙 돌리더니 전봇대에게 물어봤다.

"너, 골키퍼였어?"

"아까 말했잖아."

"그, 그치."

"진짜 영국도 갔다 왔어?"

"아까 말했잖아."

"그냥 혹시 거기서 손흥민 본 적 있나……."

태주가 멋쩍은 듯 말끝을 흐렸다.

나는 애써 태연하게 관심 없는 척하려고 했지만 궁금해서 참을 수가 없었다.

"축구 몇 년 했냐?"

"10년."

그러더니 책가방에서 주섬주섬 뭔가를 꺼냈다. 그러고는 책상 위에 보란 듯이 올려놓았다. 마치 말 시키지 말고 눈으로 보라는 것 같아서 물어본 내가 뻘쭘했다.

골키퍼 장갑이었다. 영국산이라고 생각하니 그것마저도 멋져 보였다. 전학 온 첫날부터 장갑을 가져온 걸 보면 진짜 축구를 사랑하거나, 아니면…….

"야! 송대범 너. 우리 축구부 들어와라. 10년이면 뭐, 뭐야. 유치원 때부터 했다는 거야?"

전봇대 장갑을 자기 손에 끼우며 태주가 대단하다는 듯 말했다.

2교시가 끝났을 때 감독님이 우리 교실까지 찾아왔다. 담임하고 한참을 얘기하더니 서류 봉투 하나를 받아 갔다.

수업이 모두 끝나고 운동장으로 가려는데 태주가 굳이 전봇대를 데리고 같이 가자고 했다.

"골키퍼도 후보가 있어야지. 저번에 형근이 다쳐서 너 혼자 고생했잖아. 하루라도 빨리 같이 연습해야지. 너 8강에서 다치기라도 해 봐. 4강부터 어쩔 건데?"

"야! 넌 내가 어디 다치면 좋겠냐?"

부상당해서 벤치에 앉아 있는 것처럼 억울하고 참담한 건 없다. 나는 대퇴부 골절로 벤치에 앉아 있는 사람마냥 인상을 팍 쓰며 태주를 노려봤다. '다치면 다 네 탓이야.' 하는 눈빛도 보탰다.

"아니, 그게 아니라. 혹시 그런 일에 대비하자는 거지."

어쨌든 기분이 썩 좋지 않다. 태주 자식, 그러고 보니 전봇대 옆에만 착, 붙어 있는 꼴이라니. 전봇대 뒤를 줄래줄래 쫓아 운동장으로 뛰어가는 태주를 보며 장갑을 탁, 탁 털었다.

태주 때문인지 전봇대 때문인지 모르겠는데 이상하게 기분이 별로다.

"감독님! 영국 유학 갔다 온 골키퍼 모셔 왔어요!"

태주가 고래고래 소리를 지르며 감독님을 불렀다.

너나 잘하세요

대범이가 정식으로 축구부에 들어왔다.

태주랑 선호가 축구화 끈을 매며 다음 주로 다가온 4강전 이야기를 꺼냈다. 4팀만 뽑는 거니까 4팀은 떨어지는 거다. 축구화 끈을 꽉 조이는 순서대로 4강에 들어간다면 우리 학교는 가장 먼저 진출할 거다. 형에게 물려받은 축구화를 신으며 태주가 있는 힘껏 끈을 당겨 묶었다.

"아이 씨! 형이 공부 좀 잘했으면 됐는데. 고등학교 가더니 축구부도 안 하고 공부도 안 하잖아. 우리 엄마가 나도 형처럼 된다고 축구하지 말래. 영어 학원이나 다니라잖아."

선호가 태주 어깨를 두드리며 목소리를 깔았다.

"그래. 빨리 결정해라. 태주 넌 영어에 소질 있잖아. 우리 중에 수행평가 가장 잘 봤지? 56점. 넌 아무래도 축구보다 영어에 재능이 있는 거 아니냐? 어떻게 틀린 것보다 맞은 게 더 많을 수가 있냐?"

56점을 가지고 재능이랍시고 설명하는 선호 말이 배배 꼬여 있다는 건 눈치 없는 태주도 안다.

"선호 넌 좋겠다. 모르는 건 러블리 애플 닮은 공부도 잘하는 누나한테 물어보면 되니까."

"야, 우리 누나한테 배우느니 차라리 안 배운다. 한 살밖에 차이 안 나는데 하나 알려 주면서 못한다고 얼마나 구박하는데. 차라리 트래핑 연습을 열 시간 더 하는 게 낫지. 하긴 넌 연습 열 시간 더 해도 실력이 확 좋아지지는 않겠지만."

태주가 선호를 확 째려보더니 제법 비장한 목소리를 냈다.

"야! 재능보다 중요한 게 노력이랬어. 난 꼭 월드컵에 나갈 거야. 그리고 성공할 거야. 손흥민처럼."

아, 정말 안 그러고 싶었는데. 듣고 있자니 웃음이 터져 나와서 도저히 참을 수가 없었다.

"야, 이태주. 넌 진정한 이 시대의 무지개야. 무식 지존 개구라! 네가 손흥민 되면 난 호날두다! 못 지킬 말을 하는 걸 구라라고 하는 거야. 안 그러냐?"

태주가 얼굴이 빨개져서는 운동화 끈을 풀더니 다시 있는 힘껏 잡아당겼다.

"너! 너희 할머니한테 이른다. 이상한 말 썼다고오."

아, 동동희 여사가 알면 큰일이다. 자칭 예쁜 말 바른말 쓰기 운동 육십 대 대표다.

"오키! 취소. 한 번만 봐주라. 우리 할머니가 가장 싫어하는 거 뭔지 알잖아. 욕, 싸움. 내가 얼마나 할머니 말 잘 듣고 있는데."

태주가 고개를 끄덕이며 내 팔짱을 끼었다.

"착한 손자지. 그럼!"

"우리 누나한테 걸려도 넌 그날로 제삿날이야."

아, 동동희 여사 다음으로 센 여자. 선호 누나 황선주.

할머니 빼고 내 등짝을 후려치는 유일한 사람. 선주 누나다. 아, 상상만 해도 얼얼하다. 우리 학교가 남녀 공학이 아니라서 얼마나 다행인지.

"손 닦고 먹으랬지! 숙제는 다 하고 노는 거야?"

어렸을 적부터 나는 선호 옆에서 선주 누나 잔소리를 같이 들어야 했다. 웬만하면 선주 누나한테 안 걸리는 게 인생 편한 거다.

선호가 알아들었냐는 듯 내 어깨에 팔을 올렸다. 이제는 누나 흉내를 넘어 감독님 흉내까지 낸다.

"4강부터는 진짜 장난 아니래. 예빛중이랑 붙는다며? 윽! 재수도 없어요. 작년 우승팀."

태주가 몸을 부르르 떨었다.

"거기 스트라이커 윤재라는 애 장난 아니래. 작년에 교육청 축구 영재에 추천돼서 영국 클럽팀으로 2주 동안 해외 연수도 다녀왔다더라."

선호가 맞장구를 치며 거들었다.

"영국?"

영국이라는 말에 나도 모르게 대범이를 쳐다봤다. 골문 앞에서 펀칭 연습을 하는 모습이 보였다. 감독님이 공을 차면 대범이가 몸을 날려 막았다.

'뭐야, 첫날부터 개인 교습이야?'

운동장 세 바퀴를 돌고 나서 두 명씩 짝을 지어 헤딩 연습을 하고 드리블 연습을 했다. 그리고 이어지는 슈팅 연습과 펀칭 연습. 팔다리가 쉴 새 없이 움직이는 동안 얼굴에서는 열이 오르고 온몸이 땀으로 범벅됐다. 뚝뚝 떨어지는 땀을 닦을 때, 나는 이때가 좋다.

"형근이가 무릎 부상이 생각보다 심각해서 언제 합류할지 모르겠다. 축구를 계속할 수 있을지도 미지수고. 그래서 오늘부터는 형근이 자리를 대범이가 채우기로 했으니까 모두 많이 도와주도록 해라."

감독님은 송대범이 축구부에 합류하게 되었다고 정식으로 말했다.

형근이는 사실 무릎 부상이 아니어도 축구를 오래 할 것 같지는 않았다. 무릎 말고도 아픈 곳이 많았다. 걸핏하면 입원했으니까. 어디가 아픈지는 잘 모르겠는데 아무튼 연습에 빠지는 날이 더 많았다. 어쨌든 형근이 대신이니까 대범이는 주전으로는 못 뛰는 거다.

"오늘은 두 편으로 나눠서 실전처럼 시합을 해 볼 거야. 정훈이랑 대범이도 진짜 시합이라 생각하고!"

감독님이 편을 나누라는 말에 애들이 눈치를 보며 우왕좌왕했다. 예전 같으면 서로 나랑 같은 편 하고 싶다고 난리를 피웠을 텐데 이런 장면 사실 좀 낯설었다.

"아, 나 헷갈리네. 국내파냐 해외파냐. 그것이 문제로다."

"그래도 정훈이가 낫지!"

"캬! 영국이 괜히 축구 명문이냐. 대범이 한번 믿어 본다!"

감독님이 휘슬을 불더니 조용히 하라는 신호를 보냈다.

"자! 지금 서 있는 자리에서 오른쪽은 정훈이, 왼쪽은 대범이. 됐지? 포지션대로 잘 서 있었네."

편이 나눠지자 미묘한 신경전이 오갔다. 대범이가 파이팅을 외치며 골문 앞으로 갔다. 지면 안 될 것 같은 기분이 쓰나미처럼 밀려왔다.

감독님은 경기 내내 나보다는 대범이를 유심히 관찰하는 것 같았다. 온몸에 땀 냄새가 절어 파김치가 되고 나서야 경기가 끝났다.

2대 2 무승부.

감독님은 흡족한 표정으로 대범이를 바라봤고 나는 왠지
모를 불안감을 느꼈다.

힘겨운 나강

운동장에는 경기장에 데려다줄 대형 버스가 대기하고 있었다.

교장 선생님이랑 교감 선생님, 그리고 학년 부장 선생님들까지 나와 축구부를 기다리고 있었다.

"남 감독, 오늘 고생하세요."

"오늘도 우승! 믿습니다! 하하하."

대회가 시작되고 나서 수염을 못 깎은 감독님이 교문 앞에서 만난 선생님에게 인사하는 학생처럼 고개를 푹 숙였다.

"고맙습다."

감독님답게 딱 네 글자다. 지금까지 물심양면으로 도와주시고 늘 관심 가져주신 여러분들의 어쩌고저쩌고하는 지루한 말을 안 하는 감독님. 그래서 좋다.

엊그제 8강 진출 기념으로 선생님들이 쏜 치킨이랑 피자를 앞에 놓고 다 식을 때까지 교장 선생님 연설이 안 끝나서 정말이지 죽을 뻔했다. 겨우 교장 선생님 말씀이 끝났을 때 다크호스로 나타난 3학년 학년 부장 선생님은 내 인내심을 시험했다.

"야, 너희들. 4강 진출 못 하면 지금 먹은 거 도로 다 뱉어 내야 한다."

"우웩! 먹은 걸 어떻게 뱉어요?"

"그럼 우리랑 시합해서 이기던가! 허허허."

금방이라도 터질 것 같은 풍선처럼 빵빵해진 배를 걱정스럽게 쳐다본 걸 후회했다. 나름대로 개그맨 흉내를 낸 걸 텐데 웃음이 안 나와서 미안했다. 선생님들이 가고 난 뒤 우리는 참았던 말들을 쏟아 냈다. 욕먹으면 오래 산다는데 장수하면 다 우리 덕이다.

"아, 나 아까 토할 뻔했어. 먹은 걸 어떻게 뱉냐? 상상하니까 구역질 나잖아."

"뱉으라면 뱉지 뭐. 누가 피자 사 달랬냐고오."

그때 송대범이 우습다는 듯 입을 씰룩거리며 말했다.

"뱉긴 왜 뱉냐? 시합 한 판 떠서 밟아 버리면 되지!"

순간, 떠들던 애들이 발에 밟힌 지렁이처럼 꿈쩍도 못 하고 송대범 눈치를 보며 입을 다물었다.

선생님이 무슨 지렁이도 아니고, 밟아 버리다니. 감독님이 못 들어서 다행이다. 우리 할머니한테 걸리면 반은 죽었을 텐데. 송대범 재는 가끔 사람을 지렁이쯤으로 생각하는 이상한 버릇이 있다.

최전방 수비수 선호는 지난번 반칙 이후 부담스럽다는 말을 자주 했다. 국어사전을 찾아본 적은 없지만, 부담스럽다는 말은 꼭 이렇게 쓰여 있을 것 같다.

〈부담스럽다 : 일등은 계속 일등 해야 한다고 사람들이 말할 때, 일등이 느끼는 기분.〉

갑자기 담임이 내 어깨를 톡, 톡 치며 불렀다.

"정훈아! 눈 똑바로 뜨고 단단히 막아라."

부담스럽다는 건 티 내면 안 된다. 나는 축구 신동 서정훈이니까.

"제가 못 막는 건 아무도 못 막아요."

"그놈 참 배짱은! 허허허."

오랜만에 받는 관심이 나쁘지 않다고 생각하며 버스에 올랐다.

애들은 시합을 하러 가는 건지, 소풍을 가는 건지 헷갈릴 정도로 즐거워했다. 대표적인 인물 이태주. 마냥 신나나 보다.

"이태주 좀 조용히 해 줄래? 넌 후보라 긴장감 제로겠지만 다른 애들 생각도 좀 해야지."

내가 말했으면 좋았을 텐데. 자기가 뭔데 태주한테 그래? 송대범이 한 말에 심기가 불편했다. 후보라고 만날 놀려 댄 건 난데, 송대범이 저렇게 말하니까 태주를 대놓고 놀리는 것 같아 욱, 하고 화가 났다. 아……. 이게 바로 말로만 듣던 내로남불인가?

"아니, 선호가 무슨 사진 같은 걸 꺼내 보다가 딱, 숨기잖아. 수상하지 않냐?"

선호가 아니라고 손을 흔들었지만 태주의 집요함은 선호의 보조 가방을 낚아채는 데 성공했다.

"오예! 이거, 이거 말이야."

"야! 너 진짜 이리 줘!"

선호가 소리를 질렀지만 이미 늦었다. 태주가 사진을 보자마자 못 볼 걸 봤다는 표정을 지었다.

"뭐야……. 손흥민? 잉? 선주 누나?"

선호가 포기했다는 듯한 표정으로 태주를 원망스럽게 쳐다봤다.

"넌 이걸 전해 주면 되지, 뭘 숨기고 그러냐고. 이히히히히. 야! 정훈아. 이거!"

태주가 내게 손흥민 사진을 내밀었다. 엄밀히 말하면 손흥민 사진으로 만든 엽서였다.

"나? 나아?"

-정훈이에게-

손흥민 사진 뒷장에 그림인 듯 글자인 듯, 프린트된 것 같은 '선주'와 '정훈이에게'가 나란히 적혀 있었다. 참 예뻤다, 글자들이.

"누나가 잘하래. 오늘. 뭐, 요즘 캘리 뭔지, 무슨 그라피? 그래프? 그거 배운다고 만날 그거 연습하거든."

선호가 무덤덤하게 말했다. 마치 '잘하지 말래.'라고 말하는 투다.

나는 무슨 말을 해야 할지 몰라 손흥민 얼굴을 뚫어지게 쳐다보다가 여전히 떠들고 있는 태주 머리카락을 헝클었다.

"태주 같은 애도 있어야지. 분위기 메이컨데. 너만 시합 나가냐? 지가 무슨 카시야스인 줄 알아요."

선호도 적절한 시기에 한 방을 날렸다. 손흥민 얼굴을 보다가 '선주' 이름 위에 쓰인 〈정훈아! 오늘도 멋진 모습 기대할게! 언제나 널 응원한다.〉를 보며 1+1=3처럼 말도 안 되는 상황이 된 것 같은 이상한 기분이 들었다. 그때 감독님이 버스에 오르며 날 쳐다봤다.

"정훈아, 오늘 선발할 수 있겠어?"

당연할 걸 물어봐서 표정 관리가 안 될 정도로 당황스러웠다. 아, 당황의 연속이다.

"네? 네!"

그때 갑자기 원톱 스트라이커 지석이가 끼어들었다.

"오늘 상대 팀 스트라이커가 장난 아니라는데. 대범이가 영국에서 시합 한 번 해 봤다더라고요. 대범이한테 기회를 주는 것도 나쁘지 않은 것 같은데요."

괜히 오기가 생겼다. 그깟 영국 한 번 갔다 왔다고 나더러 지금 주전 골키퍼 자리를 양보하라는 지석이가 한없이 원망스러웠다.

"저 자신 있는데요. 만약에 오늘 지면."

송대범 얼굴을 보자 오기가 발동했다.

"오늘 지면 그땐 영원히 골키퍼 자리 대범이한테 넘길게요."

감독님이 눈을 두 번 끔뻑거리더니 고개를 끄덕였다. 그러더니 송대범에게 다가가 뭔가 설명을 하는 것 같았다. 아마도 다음 기회에 뛰자는 이야기인 것 같다.

태주랑 선호가 듣고 있어서 더 큰소리쳤다.

버스에서 내리자 감독님이 우리를 모아 놓고 마지막 점검을 했다.

"정훈이가 골문 지키고. 다들 포지션 알지?"

대범이는 골키퍼 장갑을 낀 채 벤치로 돌아갔다. 언제든 튀어나올 준비가 되어 있다는 듯이. 한편으로는 안도감이, 다른 한편으로는 긴장감이 들어 기분이 복잡했다.

꼭 이겨야겠다는 다짐을 하고 경기장 안으로 입장했다.

막상 경기장에 들어서니 긴장이 조금씩 풀렸다. 애국가를 부르고 상대 팀과 가볍게 악수를 하고 각자 포지션으로 돌아갔다. 드디어 주심의 휘슬 소리에 경기가 시작되었다. 전반전 내내 선호 몸이 이상하게 둔했다. 상대방과 몸싸움에서 밀리는 건 기본이고 공도 여러 차례 뺏겼다. 그때마다 위험한 위기 순간이 찾아왔다.

"저 새끼가 정말! 야! 황선호, 너 지금 뭐 하는 거야!"

나는 몇 번이나 선호가 놓쳐 버린 공을 쳐 내느라 정신이 하나도 없었다. 골문 앞에서 선호에게 고래고래 목이 터져라 소리를 질렀는데 선호는 듣지 못하는 것 같았다. 그런데 갑자기 관람석에 앉은 사람들이 환호성을 지르더니 파도타기를 했다.

"짠짠짠짠짜! 신라중! 파이팅!"

전광판에 1대 0이라는 숫자가 찍혔다. 내가 선호에게 막 소리를 지르는 사이 우리 팀 스트라이커 박지석이 한 골을 터뜨린 거다.

"우와! 우와!"

나는 눈앞에 보이는 선호에게 달려갔다. 그런데 선호가 지석이에게 달려가더니 얼싸안으며 방방 뛰었다. 달려 나가던 나는 괜히 몸을 푸는 척하며 자리로 돌아왔다. 어쨌든 기분

좋게 전반전을 마무리했다. 긴장감이 한꺼번에 풀리면서 목이 말랐다. 얼른 생수 하나를 집어 들고 정신없이 마셨다. 선호에게 후반전에는 시야를 가리지 말고 위치 선정을 잘하라는 말을 해야 하는데 어디 갔지? 물병을 입에 물고 주변을 살피니 옆 벤치에 앉아 있는 선호가 보였다. 태주 옆에서 물을 마시고 있었다. 송대범이 옆에 앉으며 선호에게 뭔가를 설명하는 듯했다. 후반전 작전에 대해 말하나 보다. 그래도 같이 의논하는 걸 보니 외롭다는 생각이 조금씩 가라앉았다. 후반전에는 예상대로 점수를 지키는 전술을 쓰기로 했다. 상대팀이 공격적으로 나올 거라는 감독님의 설명이 있었기 때문이다. 4강에 오르면 준결승, 그리고 결승전이다. 꿈에 그리던 결승 무대가 얼마 안 남았다.

"야, 황선호! 페널티 박스 안에서는 조심해라. 아까처럼 그럼 죽는다."

후반전이 시작되기 직전에 선호에게 신신당부했다.

"알았어. 알았다고."

걱정되어 하는 말인데 귀찮은 듯 대답했다. 어쩔 때 보면 선호 녀석도 벤치에 앉아 있는 게 어울릴 것 같다는 생각이 든다.

후반전이 시작되자마자 상대 팀의 공격이 거세졌다. 이번에 지면 그대로 탈락이니까 예상은 했지만 최전방 수비수만 빼고 모두 하프 라인을 넘어 공격 형태를 취했다.

우리 팀도 빗장수비 형태를 갖추고 상대방의 공격을 막아 내야 했다. 하프 라인을 뚫은 상대 팀이 두세 번의 패스를 주고받으며 우리 팀을 흔들었다. 페널티 라인 안쪽까지 치고 들어온 상대방이 뛰어난 발재간으로 수비수들을 하나둘 제 쳤다.

"붙어! 붙으라고!"

나는 목이 터져라 소리를 질렀다. 선호 앞에서 멈칫거리던 상대방 스트라이커가 공을 툭, 찬 후 선호 옆으로 돌아 앞 쪽으로 달려들었다. 충분히 공을 뺏을 수 있는 상황이었다.

뒤를 쫓던 선호가 몇 번 공을 빼앗으려 했지만 놓치고 말 았다.

"아이 씨!"

눈이 마주친 상대방 선수가 으르렁거리며 달려들었다. 나 를 잡아먹든, 공을 잡아먹든 뭐라도 잡아먹을 기세였다.

"어쭈!"

바람을 가르며 날아오른 공이 내 얼굴을 향해 날아들었 다. 미사일이 이 정도 속도일 거라는 생각이 잠깐 스치고 지 나갔다.

슈웅!

손끝으로 미세한 떨림이 지나갔다. 날아오른 내 몸도 바닥으로 떨어졌다. 옆구리가 아팠다. 숨이 안 쉬어졌다. 선호가 그대로 얼음이 되어 골문을 바라보고 있는 모습이 눈에 들어왔다.

'으윽!'

우리 골라인 앞쪽에 포진되어 있던 상대방 선수들이 어깨동무를 하고 뱅글뱅글 돌고 있었다. 전광판 숫자가 1대 1로 바뀌었다. 그 순간 주심이 후반전 종료 휘슬을 불었다.

추락한 서정훈

최악의 시나리오다. 승부차기는 피하고 싶었다. 조금만 더 버티면 이길 수 있는 시합이었다는 생각이 머리에서 떠나지 않았다.

"야, 황선호!"

불러 놓고 무슨 말을 해야 할지 언뜻 내뱉을 수가 없었다. 녀석 머리카락이 땀에 젖어 벌게진 얼굴을 반쯤 가리고 있었다.

"잘 좀 하라고……."

목소리를 좀 높이자 갈비뼈 쪽이 찌릿찌릿한 게 조금만 움직여도 통증이 밀려왔다. 겨우 자세를 잡는 동안 나도 모르게 신음 소리가 새어 나왔다.

'너 수비를 어떻게 보는 거야! 너 때문에 먹힌 거 몰라?'

나오려던 말을 억지로 눌러 목 안으로 밀어 넣었다. 시합 끝나고 보자.

감독님이 나를 불렀다.

"컨디션 어때?"

숨을 쉴 수 없을 만큼 아프다는 말은 하지 않았다. 나는 한 껏 자신 있는 표정을 지어 보였다.

"괜찮아요."

"음."

한 글자 속에 아마도 최선을 다하면 될 거라는 말이 포함됐 을 거다. 겁먹지 말라는 말도 포함됐을 거고······.

1번부터 5번까지 순서가 정해졌다. 가장 배짱 좋은 스트라 이커 지석이가 1번으로 승부차기에 나섰다. 숨을 죽이고 어 깨동무를 하고 섰다.

지석이는 여간해서는 떨지 않는 아이다. 역시 툭 차 넣은 것이 정면으로 날아가 골네트를 흔들었다. 상대방 골키퍼를 완벽하게 속였다. 오른쪽으로 납작 누우며 쓰러진 골키퍼가 민망한 듯 자리에서 일어나며 바지를 털었다.

내 차례가 되었다.

끝까지 공에서 눈을 떼지 않았다. 배운 대로만 하면 실수 가 줄어든다.

왼쪽으로 몸을 날렸다. 공의 방향은 맞췄지만 속도까지 따라가기엔 역부족이었다. 내 손보다 공이 먼저 지나가 버렸다. 네트를 흔든 공을 야속하게 쳐다보며 뚜벅뚜벅 걸어 나왔다. 손에 땀을 쥐게 하는, 피를 말리는, 그런 승부차기가 계속되었다. 우리가 골을 넣으면 방방 뜨며 좋아했다가 상대방이 골을 넣으면 축구화 코로 운동장 바닥을 파 버릴 듯 발길질을 하며 탄성을 질렀다. 3대 3이 찍혀 있는 전광판 아래에 우리 팀 네 번째 키커 나일이와 예빛중 선수 한 명이 제자리에서 다리를 풀었다.

행운의 여신은 이런 날 찾아와 주면 평생 고마워할 텐데…….

그런데……. 미드필더 나일이가 어이없이 공을 허공으로 날려 버렸다. 행운의 여신은 달나라 여행을 간 거다. 생뚱맞은 곳으로 포물선을 그리며 날아가는 축구공을 보면서 망부석이 될 뻔했다. 변동 없이 그대로 3대 3이 되었다. 상대방이 이번에 넣으면 3대 4로 뒤집힌다. 손에 땀이 차고 가슴이 요란하게 요동쳤다.

"정훈아! 너만 믿는다. 잘할 수 있지?"

나는 두 팔을 들어 보이며 입을 꾹 다물었다. 걸을 때마다 가슴이 찌릿찌릿 저려 왔다.

천천히 걸어 골대 앞에 섰다. 그때 나는 확실하게 보았다. 상대방 키커가 왼쪽 골대 쪽을 두 번이나 쳐다보는 것을.

'좋아! 딱 걸렸어. 왼쪽!'

휘슬이 울리자마자 몸을 왼쪽으로 최대한 눕히며 팔을 뻗었다. 엄청난 속도로 내달리던 공이 내 손에 탁, 걸리는 순간이었다. 역시 예상대로였다.

"우와! 대단하다! 서정훈! 서정훈!"

애들이 부둥켜안고 난리를 떠는 게 보였다. 죽다 살아난다는 게 이런 기분일 거다. 너무 좋아하면 안 된다. 아직 시합이 끝난 게 아니니까. 포커페이스 유지.

"역시! 지옥 끝에서 정훈이가 살렸어."

"야, 이제 진짜 한 방이야!"

애들이 하이파이브를 하며 방방거렸다.

이제 우리 팀 마지막 선수가 나가 한 골 넣고 한 골 막으면 끝이다. 선호였다.

우리는 어깨동무를 하고 선호 뒤에서 초조하게 서서 지켜보았다.

선호가 공을 자리에 놓고 숨을 고르는데 갑자기 대범이가 선호에게 뛰어갔다. 그러고는 귓속말을 하더니 머리를 헝클어뜨리며 돌아왔다. 선호는 몇 번 고개를 끄덕이고는 결심한 듯 한 발짝 물러나더니 가볍게 제자리 뛰기를 하고 달려 나갔다.

'제발!'

공이 날아올랐다. 그런데……. 행운의 여신은 끝까지 우리에게 오기 싫은 걸까? 선호 발을 떠난 공이 골포스트 오른쪽 기둥을 한참 벗어나 날아가고 말았다.

'하아!'

여기저기서 탄식이 새어 나왔다. 믿을 수 없었다. 선호 별명이 골 넣는 수비수라는 건 운동장에 있는 애들이 다 안다. 승부차기를 실패한 경우가 거의 없었는데 말로 표현할 수 없을 정도로 아쉬웠다. 부담을 가지면 간이 콩알만 해지는 거다. 상대방 다섯 번째 키커가 공을 들고 골대 앞으로 걸어왔다. 여기서 못 막으면 정말 끝이었다.

"정훈아! 이번에도 너한테 우리 운명이 달렸어."

한 발짝 한 발짝 골문 앞으로 걸어가는데 발목에 모래주머니가 주렁주렁 매달린 기분이었다.

'결정을 하자! 오른쪽, 왼쪽?'

어차피 공을 보고 막는 건 불가능했다. 나는 한쪽을 포기하기로 했다. 산술적으로도……. 어깨에 젖은 솜을 한 겹, 두 겹, 세 겹 걸쳐 놓은 것처럼 무거웠다.

'오른발을 자꾸 움직이잖아. 그렇다면…….'

주심이 휘슬을 불자마자 몸을 왼쪽으로 눕히며 팔을 뻗었다. 그런데……. 보란 듯이 비웃으며 오른쪽으로 날아간 공이 골문을 흔들었다. 전광판에 종료 3대 4가 깜빡거리며 팡파르가 터졌다. 대한독립 만세를 외치는 애국자처럼 상대 팀 녀석들이 감격에 겨워 부둥켜안고 난리를 피웠다. 그리고 우린 졌다. 나는 그대로 운동장 바닥에 쓰러졌다. 하늘이 참 파랗다고 느끼며 눈을 감았다.

"괜찮아."

감독님의 목소리가 귀에 꽂혔다. 그런데 나는 하나도 괜찮지 않았다.

"에이 씨. 추락한 서정훈…… . 너 때문이야…… ."

누군가 내뱉은 말이 오랫동안 머릿속에서 떠나지 않았다.

너 때문이잖아

다시 축구부에 대한 관심은 시들해졌다. 하지만 축구부는 수업이 끝나면 운동장에 모여 달리기를 하고 체력 훈련을 한 뒤 편을 나눠 미니 게임을 했다. 더 이상 우리에게 피자나 치킨이 배달되는 일은 없었다. 감독님은 여전히 수염이 거뭇거뭇한 채로 다녔고 나는 여전히 골문 앞으로 날아드는 공을 걷어찼다.

시합에 졌다고 죽상을 하고 다닐 수는 없었지만 선호 자식 얼굴만 보면 참았던 화가 삐져나오려고 했다. 선호가 수돗가에서 물을 튀기며 요란하게 세수를 했다.

"야! 좀 얌전하게 못 하냐? 너 때문에 옷이 다 젖었잖아."

선호가 물이 뚝뚝 떨어지는 얼굴을 훔쳐 내는 사이 대범이가 실실 웃으며 수도꼭지를 막더니 물살을 내 쪽으로 보냈다.

"어차피 젖었잖아."

순간 짜증이 확, 밀려왔다.

"하지 말라고!"

나는 대범이 대신 수도꼭지 앞에 있는 선호를 밀었다. 때린 게 아니라 정말 민 거다.

"야! 이 새끼가 정말! 왜 때리는데!"

"내가 언제! 넌 때린 거랑 미는 것도 구분 못 하냐? 맞아 본 적 없어?"

"뭐야? 너, 내가 그렇게 우습냐?"

선호가 내 멱살을 잡고 흔들었다. 애들이 우르르 몰려들었다. 그만두기에는 선호 눈빛이 장난이 아니었다. 그동안 쌓인 감정이라도 있는 건가 싶었다. 적어도 그 순간은 진짜로 보였다.

"만날 잘한다, 잘한다 하니까 지가 진짜 잘난 줄 알고. 너희 할머니 아니었음 축구부 들어오지도 못했어. 알아? 그래 골 좀 먹히니까 짜증 나냐? 까불지 마."

어제까지 내가 알던 그 선호가 맞나? 선호는 작심한 듯 담아 두었던 말들을 내뱉었다.

"뭐라고? 할머니 얘기는 왜 하는데 지금!"

어이가 없었다. 선호는 아직도 할 말이 남아 있다는 듯 쉴 새 없이 퍼부었다.

"너 이 새끼. 네가 뭔데 나한테 잘 좀 해라 마라야! 그리고 지면 그만둔다며? 네 입으로 말했잖아. 송대범한테 넘긴다며?"

기억도 가물가물한 말을 선호는 한 자 한 자 뱉으며 기억을 상기시켰다.

"이거 봐! 너 때문에 진 거야!"

"야. 말은 똑바로 해야지. 선호 때문이 아니라 네가 못 막은 거야. 네 실력이 그것밖에 안 돼서. 너희 할머니 불쌍해서 골키퍼로 키워 준 것도 모르고."

송대범이었다.

"이게 진짜! 너 말 다 했어?"

주먹을 쥐어 송대범 얼굴 앞에 갖다 댔다. 주먹이 덜덜 참고 있었다.

"야아, 너 폭력 쓰려고? 이게, 인생 한 방에 훅 갈 수 있는 거다. 아직 모르냐?"

송대범이 마치 자기는 다 알고 있다는 듯 가르치는 말투로 비아냥댔다.

나는 할머니가 불쌍하다는 이야기가 가장 듣기 싫다. 사람들은 가끔 할머니가 불쌍하다는 건지 내가 불쌍하다는 건지 모를 말들을 뱉는다.

네팔로 떠난 엄마 아빠를 대신해 할머니가 나를 10년째 키우고 있지만 나는 한 번도 불쌍했던 적이 없다. 그런데 담임도 감독님도, 이젠 송대범까지 함부로 지껄인다.

"누가 누굴 키워 줬다는 거야?"

"너! 축구가 돈이 얼마나 많이 들어가는지 모르지? 유학은 필수야. 자신 없으면 빨리 포기해. 너 때문에 내가 피해보고 있잖아. 버티지도 못할 게 뻔한데!"

"아이참, 왜들 그래. 같은 팀끼리 잘 지내야지……."

태주가 내 윗도리를 잡아당기며 말렸지만 이미 때는 늦었다. 현기증이 밀려오더니 목이 뻐근했다. 주먹에 힘이 들어갔다.

"넌 좀 빠져! 후보 주제에. 네가 뭘 안다고 그래!"

태주에게 버럭 소리를 지르고 나서 선호를 노려봤다.

"둘이 짰냐? 똑바로 들어. 선호 너 때문에 진 거야. 알았어?"

비겁하지만 진심이었다. 그날 선호가 골을 넣었더라면 나는 다시 골대 앞에 설 일도 없었다. 그리고 우린 이겼을 거다. 나는 무패 행진을 이끈 골키퍼가 되었을 거고. 곧 영국으로 갔을 거다. 그 생각을 지울 수가 없다.

"야! 너 왜 이렇게 말귀를 못 알아먹냐? 우리가 진 건 너 때문이라고. 너. 추락한 서정훈 너!"

'추락한 서정훈?'

선호였다. 그날 운동장에서 이 말을 한 사람이 선호, 선호였다.

뒤통수가 찌릿찌릿했다. 할머니와의 약속은 이미 물 건너가 버렸다. 나는 힘껏 주먹을 휘둘렀다.

픽! 픽! 픽!

감독님이 왔다는 사실을 알았을 때는 이미 바닥에 쓰러진 선호 코에서 피가 흐른 뒤였다.

"서정훈!"

감독님이 목에 핏대를 세우며 내 이름을 크게 외쳤다.

"왜요!"

주위에 모여든 애들이 아무 말도 못 하고 서서 구경을 했다. 감독님이 쓰러진 선호랑 씩씩거리는 나를 번갈아 쳐다보았다.

코피를 흘리는 건 선호인데 내가 더 화를 내는 게 코미디처럼 보일 장면이었다.

"너희들 대체 뭐 하는 거야!"

감독님이 우리를 무섭게 쳐다봤다.

"너희들이 아니라 얘네 두 명이에요."

대범이가 친절하게 나와 선호를 손가락으로 가리켰다.

"에이 씨!"

나는 바닥에 놓여 있는 축구공을 힘껏 발로 찼다.

"서정훈! 너 진짜!"

감독님 얼굴은 곧 폭발할 것 같은 활화산처럼 변해 있었다. 영국 이야기를 먼저 꺼낸 건 감독님이었다. 밤마다 세계 지도 앞에서 꿈을 꾸게 한 것도 감독님 때문이고, 송대범한테 뺏길까 봐 가슴 졸이며 골대 앞에 선 것도 감독님 때문이다. 추락하게 만든 것도 다 감독님 때문이다.

이상한 소문

이틀이나 빠졌는데 아무에게도 연락이 안 온다.

"감독님이 너 잡아 오래."

집 앞에서 지키고 있을까 봐 승강기에서 내릴 때도 긴장했는데. 선호야 그렇다 치더라도 태주까지 연락이 없는 건 예상 밖이다. 선호와 티격태격할 때마다 옆에서 태주가 말렸다. 이번에는 좀 심했나 싶기도 했지만 자존심 때문에 선호에게 연락은 안 했다. 내일쯤 할까? 축구를 안 하니까 할 일이 없다. 뭘 해야 할지도 모르겠다.

축구부에서 보내는 시간이 통째로 남아 버려서 난감하다. 축구를 하면서 영어나 수학 학원은 꿈에도 가 본 적이 없다. 시간도 없고 돈도 아깝다. 우리 동동희 여사는 돈이 없다. 그래서 학원은 안 다닌다. 축구를 하는데 영어나 수학 쓸 일은 없으니까. 역시 만만한 곳은 PC방이다.

스타 PC방은 새로 생긴 PC방보다 좀 후지긴 했지만 가장 오래된 곳이라 아저씨랑 아는 사이다. 아니 친하다고 믿고 싶다. 돈 없을 때는 외상도 해 주니까.

단점이라면 PC방 컵라면이 좀 비싸다. 역시 컵라면은 편의점이다. 컵라면에 뜨거운 물을 붓고 밖이 잘 보이는 창가 구석에 앉았다. 지나가는 사람들을 구경하는 것도 시간 때우기 좋은 일 중 하나다. 3분이 다 되어 갈 때쯤 지나가는 사람 중 한 명이 나의 레이더망에 걸렸다.

'선주 누나다!'

나는 살짝 고개를 숙였다. 혹시라도 문 열고 들어와 지금 왜 여기 있느냐고 소리를 지르거나 밥 안 먹고 컵라면 사 먹는다고 잔소리를 할지도 모를 일이다.

그런데……. 컵라면은 한 젓가락도 안 먹었는데 목이 캑, 막혀서 헛기침을 했다.

'저, 저 새끼가 감히 선주 누나한테…….'

분명 송대범이었다. 손에 든 종이 가방을 흔들며 누나 뒤를 따라가고 있었다.

누나가 뒤돌아서서 확! 소리를 질러 대니까 종이 가방을 내밀었다.

'뭐 하는 거야?'

종이 가방은 그대로 바닥으로 내동댕이쳐졌고 누나는 휙 돌아서 갔다. 송대범은 주섬주섬 종이 가방을 주워 들더니 두 손을 호주머니에 찔러 넣었다.

'큭큭 쌤통이다! 그럼 그렇지. 선주 누나가 누군데 너 같은 찌질이 중딩한테.'

시련당한 중딩의 영화 한 편을 훔쳐보는 일로 컵라면이 더 쫄깃해졌다.

'넌 선주 누나 스타일이 아니거든!'

쓸쓸하게 서 있던 송대범 모습이 떠올라 피식, 웃음이 났다.

PC방에는 빈자리가 없었다. 아저씨는 키보드 옆에 위태롭게 놓인 컵라면 그릇들을 돌아다니며 치우고 있었다.

"5분쯤 있으면 자리 하나 나니까 기다릴래?"

"네."

출입문 앞에 있는 기다란 의자에 앉아 5분이 지나기를 기다렸다. 컴퓨터 게임할 때 5분은 눈 깜짝할 사이에 지나는데 자리를 기다리는 동안 시계가 멈춘 듯했다. 오줌을 누고 오면 2분쯤 지나갈 것 같아 화장실에 갔다. 세면대 앞에서 남자애 둘이 앞머리에 물을 묻히며 머리에 정성을 들이고 있었다. 나는 뭐라도 눠야 할 것 같아 소변기 앞으로 걸어가 섰다. 계속 뭐라고 수군대는 소리에 신경이 쓰여서 오줌이 안 나왔다.

"야! 너 그거 알아? 중학교 축구 대회 말이야. 우리 학교가 4강 올라갔잖아."

아! 예빛중학교 애들이었다. 나는 오줌 누는 것에 집중하려고 했지만 들리는 건 어쩔 수 없었다.

"어떤 멍청한 신라중학교 애 한 명이 일부러 반칙하고 승부차기 할 때 공도 날렸대."

"일부러?"

"응. 지려고 작정한 거지."

"에이, 그게 말이 되냐?"

"아냐. 우리 형한테 들었어."

"너희 형 고등학생이잖아."

"쉿! 신라중학교에 우리 형 친구의 친구가 다니거든. 중 2로 다시."

나는 오줌을 다 누고도 움직일 수 없었다. 무슨 말을 들은 건지 내 귀가 의심스러웠다. 그 애들 둘이 화장실에서 나가고도 한참 소변기 앞에서 꿈쩍도 못 했다. 지금까지 들은 내용을 정리해 봐도 도무지 이해가 되지 않았다. 일부러 반칙을 하고 일부러 공을 날렸다고? 내 머릿속은 온통 물음표로 꽉차 버렸다. 승부차기에서 실패한 건 나일이와 선호였다. 하지만 내 마음속 화살표는 선호를 가리켰다. 아무리 그럴 리 없다고 생각하려 애써도 선호밖에 없었다. 그런데 선호가 왜? 도무지 이해할 길이 없었다. 다시 다닌다고? 이번에는 전학 온 대범이밖에 떠오르지 않았다.

한참 만에 화장실에서 나왔더니 아저씨가 기다렸다는 듯 말했다.

"너 아직 안 갔냐? 자리 난 거 너 없어서 다른 애한테 줬 다."

"네……."

PC방 계단을 내려오는 동안에도 머릿속이 복잡해서 어지러웠다.

아! 나는 열 개쯤 내려오던 계단을 다시 뛰어 올라갔다.

"아저씨!"

컵라면에 물을 붓던 아저씨가 컴퓨터 화면에 보이는 자리를 훑어보았다.

"아직 자리 안 났다니까 그러네."

"아니요. 그게 아니라, 아저씨 혹시 고등학생 중에 송대범 아세요?"

"송대범?"

"걔가 누군데?"

"모르세요?"

"내가 이 동네 고등학생 이름을 어떻게 다 외우냐? 한두 명도 아닌데."

"네……."

다시 계단을 내려가려는데 아저씨가 뭐라고 하는 소리가 들렸다.

"송대범인가 하는 애는 모르겠고. 송도범이라는 애는 아는데. 지금쯤 고등학생 됐을걸."

나는 몸을 돌려 다시 아저씨에게 다가가 물었다. 심장이 두근거렸다.

"송도범이요?"

"말도 마라. 한 이 년 됐지. 저 예빛중학교 다니던 앤데 같은 반 애를 일 년이나 괴롭혀서 난리가 났었지. 온몸에 멍자국이 있는 걸 걔 아빠가 발견해서 경찰에 신고해 뉴스에도 나왔었어. 그 송도범이라는 애가 학교 축구부에서 골키퍼를 했다는데 큰아빠가 사는 제주도로 전학을 갔다는 소문은 들었지. 어떤 애들은 축구 배우러 영국 갔다고도 하더라. 그게 어디 유학이냐? 한국에서 살기 창피하다고 지 부모가 보냈겠지."

송도범……. 그 애가 송대범이라는 걸 내 몸이 먼저 알아차린 듯했다. 게임은 1분도 안 했는데 손가락이 바들거렸다.

'걔가 고등…… 학생?'

선호의 고백

'어떤 멍청한 신라중학교 애 한 명이 일부러 반칙하고 승부차기 할 때 공도 날렸대.'

말도 안 돼. 일부러? 이기고 있을 때 시간 끌려고 일부러 나에게 패스하는 거, 그게 일부러 하는 축구다. 더구나 선호가? 머릿속에 까만 먹물을 담은 풍선이 기다리고 있다가 터져 버린 기분이다. 도무지 빛이 보이지 않는 터널에 갇힌 채 어떻게 해야 할지 몰라 안절부절못하고 있는, 딱 그 상황을 만난 거다.

정신을 차려 보니 집 근처 편의점이 보였다. 이유라도 물어봐야 정확하게 알 수 있지 않을까? 이상한 헛소문 듣고 뭘 따지느냐며 내 정강이를 걸어차 주길 바랄 뿐이다.

황선호. 단축 번호 3번이다. 1번 할머니, 2번 감독님 다음.

3을 누르자 연결음보다 내 심장이 먼저 신호를 보냈다.

'아, 뭐야? 왜 떠는데 서정훈! 쪽팔리게……'

"여보세요?"

선호 목소리를 듣자 무슨 말부터 꺼내야 할지 또 머릿속이 까매졌다.

"너! 지금 어디야?"

"……"

"어디냐고!"

아무 대답이 없는 선호 숨소리를 듣자 떨렸던 마음은 온데간데없이 사라졌다.

눈앞에 있으면 온몸에 힘을 실어 주먹을 날려 버리겠다는 듯한 말투가 저절로 튀어나왔다.

"집인데……. 왜?"

"좋아! 기다려. 지금 갈 테니까."

선호네 집은 동네에서 가장 오래된 오복빌라다. 그중에서도 가장 아래층. 선호는 1층이라고 하는데 중앙 현관을 열고 계단을 내려가야 한다.

오복빌라 앞에 까만 반바지에 회색 티셔츠를 입은 선호가 계단에 앉아 있었다. 선호는 나를 보자마자 자리에서 일어나더니 오복빌라 우편함을 발로 툭툭 건드렸다. 나는 둥둥거리는 마음을 가라앉히며 겨우 목소리를 깔았다.

"야, 내가 뭐 좀 확인하려고. 조금 전에 이상한 소리를 들어서 말이야."

제발 아니라고 말해 주길 바란다는 말은 쪽팔려서 뺐다.

선호는 아무렇지도 않은 듯 한 번 쳐다보더니,

"뭔데?"

하고는 다시 우편함을 괴롭혔다. 저러다 지나가는 아주머니한테 걸리면 잔소리 꽤나 들을 텐데 하여간 저 새끼는 개념을 쌈 싸 먹었다. 그러니까 이런 이상한 소문이 나서 내가 따지러 오는 수고를 하는 거고.

"저번에 시합 말이야. 예빛중학교랑."

선호가 우편함 괴롭히기를 드디어 멈추었다. 뭔가 켕기는 게 있는 것이 확실하다는 몸짓이다. 떨어야 할 사람은 선호인데 내가 왜 이러지? 요동치는 마음을 들킬까 봐 내 발은 오복빌라 계단을 축구화 앞 코로 툭, 툭 차며 선호가 무슨 말이라도 해 주길 기다렸다.

"아, 그거……."

'그거?'

그거? 뭐가 있긴 있다는 게 확실했다.

"그래! 다 들었어."

이제 순순히 털어놓으란 말이야. 네가 오해하고 있다고 말하란 말이야. 그런데……. 텔레파시라는 건 존재하지 않았다.

"에이 씨! 어쩔 수 없었다고 나도!"

선호가 소리를 꽥 지르며 기어이 우편함을 발로 빵! 차 버렸다. 다행히 지나가는 아줌마는 없었지만 B101이라고 쓰여 있는 명함 같은 플라스틱이 바닥으로 떨어져 버렸다. 그뿐만이 아니었다. 빨개진 선호 눈에서 자존심이 뚝 떨어지는 걸 봤다.

"네가 나였어도 별수 없었을걸. 에이 씨! 그 새끼가 가만 놔뒀을 것 같아?"

아, 정말이었다. 내가 들은 소문이. 그 새끼가 송대범이라는 건 물어보나 마나였다.

"가만 안 두면?"

"뻔하잖아. 축구부 근처에 얼씬도 못 하게 만들어 버린댔어."

"뭐라고? 그 새끼가 뭔데?"

"몰라서 물어? 한 번 잘못 걸리면 끝까지 괴롭힌다고……. 너도 모른 척해. 상관하지 말고!"

상관하지 말라고?

엄마 아빠에 대해 묻는 걸 할머니는 싫어한다. 그래서 고모를 만날 때마다 묻곤 했다. 어렸을 적에는 에베레스트가 산인지도 몰랐다. 엄마 아빠가 다니는 회사 이름인 줄 알았다.

"정훈아, 엄마 아빠는 에베레스트에 갔어."

초등학교 2학년 때 에베레스트가 산이라는 걸 알게 되었다.

"고모, 엄마랑 아빠가 에베레스트에 왜 갔어요?"

"어, 그건. 꿈을 찾으러 갔대."

하지만 산으로 꿈을 찾으러 간다는 게 말이 안 되었다. 그래서 다시 물었다.

"에베레스트에 가면 꿈을 찾을 수 있어요?"

한참 동안 내 얼굴을 쳐다보던 고모가 한숨을 푹 쉬며 말했다.

"그러게 말이다. 꿈을 찾는 거랑 에베레스트가 무슨 상관이라고."

갑자기 고모의 말이 왜 떠오르는 걸까? 느닷없이 떠오르는 엄마 아빠에 대한 기억이 가끔 나를 당황하게 만든다.

"너 이건 협박당한 거야! 경찰에 신고해야 된다고!"

선호가 아랫입술을 한 번 깨물더니 괴로운 표정을 지었다.

"송대범 친구들 다 고등학생이야. 알아? 일진이라고……."

"감독님한테 말하자! 지금이라도."

"감독님 바뀐대. 계약 기간이 끝났대. 며칠 전부터 다른 학교 알아보시더라……. 우리가 이겼으면 계속 계셨을지도 모르는데. 에잇! 이번에 이겼어야 했는데…… 나 때문이야……."

오복빌라 앞에 올 때까지는 선호 녀석 복숭아뼈나 정강이를 걸어차 주려고 했는데. 아직 차지도 않았는데 선호는 벌써 많이 아파 보였다.

낯선 축구부의 시작

체육관 옆에 붙어 있는 작은 창고가 축구부 쉼터가 된 건 재작년부터다. 감독님이 오면서 축구부들이 쉴 수 있는 장소가 필요하다고 해서 만들어졌다. 냉장고랑 선풍기도 생겼다. 나는 이곳에 오면 마음이 편해진다.

하지만 지금, 문 앞에 붙어 있는 〈축구부 쉼터〉 앞에서 몇 분 동안 문을 열지 못하고 있다.

'무조건 내일부터 나온다고 할까? 하아…… 아니지. 잘못 했다고 하는 게 먼저겠지?'

어젯밤 선호와 헤어지고 집으로 돌아오며 생각하고 또 생각했다. 송대범을 이길 수 있는 방법은 이것밖에 없다. 호랑이를 잡으려면 호랑이 굴로 들어가야 하는 법이니까. 이대로 나와 버리는 건 서정훈 자존심이 허락하지 않았다. 다시 시작하는 거다. 실력으로 송대범을 이기는 길, 그것밖에 없었다.

조금 있으면 애들이 우르르 몰려올 시간이다.

〈축구부 쉼터〉 문패에서 축구부와 쉼터 사이의 하얀 공간을 주먹을 쥐고 똑, 똑 두드렸다.

"들어오세요."

감독님 목소리가 새어 나왔다. 떨리는 마음으로 조용히 문을 열었다.

"감독님……."

감독님이 의자를 반쯤 돌리더니 문밖에 서서 얼굴을 내밀고 있는 나를 쳐다보았다. 떨려서 성큼 들어설 수가 없었다.

"왔으면 들어와야지!"

못 이기는 척 어물거리며 한 발짝씩 감독님 앞으로 다가갔다.

'뭐라고 말하지? 무슨 말부터 하지?'

"짜식. 오늘쯤 올 줄 알았다. 너 이거 한번 껴 봐라."

입이 붙어 버린 내게 감독님이 장갑 한 켤레를 불쑥 내밀었다.

"새건 아니다. 그래도 아직 쓸 만해."

까만색에 주황색 줄이 가로세로 그어져 있었고 손바닥 쪽은 하얀색이었다. 자동으로 장갑을 넙죽 받아 들었다. 잘 맞을 것 같다고 생각하면서.

"나가 봐. 애들한테 운동장 돌고 나서 트래핑 드리블 연습하고 있으라고 해. 금방 간다고."

"네."

문을 닫고 나오며 나는 머리를 쾅 쥐어박았다. 머리가 이렇게 나쁘면 맞아야 한다.

'감독님! 감사합니다. 이 장갑은 대대손손 잘 간직하겠습니다. 꼭 이 장갑을 끼고 시합에 나가서 우승하겠습니다.'

이런 말을 했어야 했는데……. 왜 이 말이 아까는 생각이 안 나고 문 닫고 나와서야 생각이 나는지 원망스러웠다. 닫힌 문에 대고 고개를 푹 숙여 인사했다.

"감사합니다……. 감독님."

고개를 들고 몸을 돌리려는 순간 내 앞에 서 있는 교감 선생님과 부딪힐 뻔했다.

"어이구, 깜짝이야. 문에다 대고 무슨 인사를 그렇게 공손하게 하냐?"

"아, 안녕하세요?"

"으, 그으래."

교감 선생님이 '아이고' 하더니 문을 열고 쉼터 안으로 들어갔다.

열린 문틈 사이로 감독님 얼굴이 보였다.

"남 감독, 어쩌겠나. 이렇게 결정된걸……."

"예상했습니다. 어차피 뭐……."

무슨 말인지 암튼, 어른들의 말은 가끔 중요한 걸 빼놓고 말하는 특징이 있다. 뭐가 결정되고 뭘 예상했다는 건지. 나는 다시 축구를 하기로 결정했고 감독님도 예상하고 있던 것 같다. 그럼 된 거다. 나는 애들한테 감독님 말을 빨리 전달하러 갔다. 선호도 태주도 열심히 운동장을 돌고 있겠지. 감독님이 준 장갑을 끼고 오랜만에 운동장을 향해 뛰었다.

애들이 모두 벤치에 앉아서 시시덕거리고 있었다. 선호랑 태주는 보나 마나 좋아하는 아이돌 걸 그룹 얘기를 하느라 정신없을 테고.

"애들아! 감독님이 운동장 뛰래."

손나발을 만들어 말했는데 한 놈도 일어서는 놈이 안 보였다. 내 말이 안 들리나?

"선호야! 태주야!"

휴대폰에 머리를 박고 있던 태주가 날 보자 반갑다는 듯 달려들었다.

"왔냐?"

선호는 짧게 인사를 건네고는 옆자리에 앉으라며 손짓을 했다. 송대범이 다가오는 걸 알았지만 못 본 척하고 앉았다. 기어이 나에게 한 마디를 건넸다.

"오호! 오랜만이다. 오늘부터 다시 하려고?"

"말 시키지 말아 줄래?"

너 같은 애랑 말할 기분 아니거든. 꺼져! 뒤에 말은 생략했다. 감독님이 금방 오신다고 했으니까.

"쪼잔하게. 왜 화난 사람처럼 그러냐? 걱정돼서 하는 말인데."

"네 걱정이나 해."

"장갑까지 끼고 왔네? 어차피 벤치에 앉아 있어야 할 텐데."

"너 진짜! 죽을래?"

벤치에서 벌떡 일어나자 태주가 가운데로 툭, 끼어들더니 대범이랑 나를 떼어 놓았다.

"야! 다들 일어나! 감독님이 운동장 뛰고 나서 트래핑 드리블 연습하고 있으래."

"저기, 정훈아. 아까 교감 선생님이 여기 앉아서 쉬고 있으라고……. 조금 있다 새로운 감독님 오신다고 준비하고 있으랬어."

태주가 내 눈치를 살피며 말했다. 그러자 송대범이 한술 더 뜨며 보란 듯이 떠들어 댔다.

"다들 앉아서 쉬고 있어! 내가 음료수 쏜다! 한 달 용돈 다 털었어."

송대범의 한 마디에 잠깐 일어나 공을 가지고 놀던 애들도 다시 자리에 앉아 버렸다.

'새로운 감독님?'

며칠 사이에 무슨 일이 일어난 건지 알 수가 없었다. 감독님이 와서 이 상황을 보면 뭐라고 할까?

"우리 감독님은?"

태주가 승부차기 실패한 사람처럼 얼굴을 감싸 쥐었다.

"아, 몰라! 잘렸대……."

"잘려? 누가 누굴 잘라?"

"그런 거 있잖아, 계약 기간. 평가 잘 받으면 연장할 수도 있고 아니면 그냥 잘리는 거."

'아, 좀 전에 교감 선생님이 말한 결정이 그럼?'

선호가 일부러 날리지만 않았어도, 송대범이 선호를 괴롭히지만 않았어도. 내가 할 수 있는 일이 하나도 없다.

그때 운동장으로 번쩍이는 까만 승용차가 먼지를 날리며 들어왔다. 낯선 아저씨가 내리자 송대범이 달려 나갔다. 저 애는 새로 온 감독님을 아나 보다.

새로운 감독님

까만 모자를 쓴 사람이 차에서 내리며 모자를 벗었다. 교장 선생님과 인사를 나누더니 벤치에 앉아 있는 우리들 앞으로 성큼성큼 걸어왔다.

"자! 여러분. 오늘부터 우리 학교 축구부를 이끌어 주실 새로운 감독님을 소개합니다. 2회 연속 전국 유소년 축구 대회 우승을 이끈 아주 훌륭하신 분인데 이번에 우리 신라중학교를 위해 어렵게 오셨어요."

교장 선생님은 새로 온 감독님이 우리 학교를 꼭 중학교 축구부의 새 역사를 쓰게 해 줄 것이라며 추켜세웠다.

'칫, 저 말은 우리 감독님한테도 했던 말인데.'

그때 축구부 쉼터 쪽에서 감독님이 커다란 가방을 끌고 나오는 게 보였다. 어깨에 멘 배낭도 보였다.

"감독님!"

우리 감독님은 저분이거든요! 크게 소리를 지르며 감독님에게 달려갔다. 옆에 있던 태주도 일어나 같이 뛰었다. 축구부 애들이 줄줄이 뒤따라왔다.

"감독님, 진짜 가시는 거예요?"

"원래 우린 다 돌고 돌아. 건강하게 잘 지내라!"

이런 적이 없었는데. 감독님이 어깨를 두드려 주는데 울컥하고 뜨거운 물이 몸속 깊은 곳에서부터 타고 올라왔다. 곧 터져 버릴 것 같아 주먹을 꽉 쥐고 꼭지를 잠갔다.

"안녕히 가세요⋯⋯."

꼭지를 잠그지 않은 태주 눈에서 기어이 눈물이 터지고 말았다.

"언젠간 다시 만난다! 가, 열심히 해라!"

감독님이 소리를 지르며 가라고 손짓을 했다. 마지막 지시⋯⋯. 우리는 뒤돌아 줄을 맞춰 뛰었다.

교감 선생님이 감독님에게 가더니 무슨 말을 하는 것 같았다. 그동안 수고하셨다거나 건강하게 잘 지내라는 말이겠지. 나는 감독님에게서 눈을 떼지 못하고 바라봤다. 감독님이 교문에 가까워지자 점점 작아지더니 사라졌다. 다리에 힘이 풀리며 가슴이 아려 왔다. 감독님의 마지막 선물, 장갑을 계속 주물럭거리던 내 손도 어느 사이인가 멈추었다.

"자, 모두 자리에 편하게 앉으세요."

새로 온 감독님이 우리를 쭉 훑어보며 말했다. 고개를 들기 싫어 땅바닥을 보며 앉았다.

"잘 부탁한다! 우리 한번 잘해 보자고! 알겠지?"

"네!"

송대범 옆에 스포츠 음료를 입에 문 몇 명 애들이 운동장이 떠나가라 대답을 했다.

"일단 급한 게 당장 다음 달부터 시작되는 가을 정기 축구 전이지? 지난 감독님과 상관없이 모든 선수들에게 공평하게 기회를 줄 생각이다. 모든 포지션을 다시 테스트해서 선발할 거니까 연습을 게을리하지 말기를 바란다. 알겠지?"

"네!"

아, 이제 이분이 우리 감독님인가. 마음이 복잡하다……. 공평하게 기회를 줄 거라고 말하는 감독님의 말이 아슬아슬 귓가에 매달렸다.

송대범이 스포츠 음료를 벌컥벌컥 마시더니 쓰레기 봉지를 향해 던졌다.

음료수 병이 봉지에서 조금 벗어난 곳으로 떨어지며 바닥에 나뒹굴었다. 송대범이 못 본 척하며 앉아 있는 꼴을 보자니 화가 치밀어 올랐다. 그때였다. 감독님이 하던 말을 멈추더니 음료수 병을 손가락으로 가리켰다.

"너! 저거 주워서 쓰레기통에 넣어라."

송대범이 주위를 두리번거리자 감독님이,

"너! 너 말이야."

하며 송대범을 가리켰다.

"쓰레기는 쓰레기통에! 유치원 때 다 배웠잖아."

대범이 얼굴이 청양고추에 고추장 찍어 먹은 유치원생처럼 빨개졌다. 쌤통이다! 감독님 가신 지 얼마나 됐다고! 자기 세상인 줄 알고 나대는 꼴이 딱 밥맛이었는데 속이 시원하다.

"기본 생활 습관! 이게 아주 중요한 거다. 욕, 싸움! 절대 금지다."

새로 온 감독님, 어쩐지 동동희 여사랑 닮았다. 낯설지 않은 말들이 감독님 입에서 흘러나오다니, 세상에는 전혀 뜻밖의 일들이 가끔 일어나기도 하나 보다. 새로 온 감독님에게 내 실력을 보여 주고 싶어졌다.

송대범이 인상을 팍, 쓰더니 골키퍼 장갑을 들고 탁, 탁 소리를 냈다.

"넌 포지션이 골키퍼?"

"네."

"그래, 좋아."

감독님이 잘 기억해 두겠다는 표정을 짓자 송대범이 어깨를 들었다 내리더니 장갑을 꼈다.

"감독님! 우리 학교에 골키퍼가 송대범이랑 서정훈이에요. 애요. 서정훈!"

태주가 내 한쪽 팔을 잡고는 억지로 올렸다.

"아, 그래? 너도 골키퍼구나."

새로운 감독님이 처음으로 나와 눈을 마주쳤다. 나도 모르게 가슴이 쿵, 쿵 뛰었다. 나를 좀 지켜봐 달라고, 내 얼굴을 기억해 달라고 가슴이 먼저 신호를 보내고 있었다.

"네."

"같이 뛸 친구가 있어서 외롭지 않겠구나."

같이 뛸 친구? 이건 무슨 뚱딴지같은 소리인지 모르겠다. 아, 뚱딴지같은 소리!

감독님의 말에 갑자기 고모에게 물었던 내 뚱딴지같은 말이 떠올랐다.

"고모! 엄마랑 아빠 중에 누가 먼저 에베레스트에 갔어요?"

3학년 때 고모는 내 질문에 대답은 안 하고 핀잔만 했다.

"그게 무슨 뚱딴지같은 소리야? 누가 먼저 갔냐니?"

"왜요? 누가 먼저 갔는지 몰라요?"

"당연히…… 모르지."

어른들은 다 아는 줄 알았는데 고모는 모른다고 했다. 내 질문이 너무 뚱딴지같다고만 했다.

"아마 동시에 같이 도착하지 않았을까? 잘 모르겠다."

고모가 정말 모르겠다는 표정을 짓는 바람에 더 이상 물어보지 않았다.

지금 이 뚱딴지같은 감독님 말이 머릿속에서 맴도는 이유는 뭘까? 갑자기 고모가 보고 싶다. 고모가 회사 일로 몇 년 동안 캄보디아에 가 있다. 그곳도 아주 먼 곳인가 보다. 그러고 보니 우리 집 사람들은 엄마, 아빠에 고모까지 모두 멀리 나가 있다. 문득 외롭다는 생각이 들었지만, 이다음에 영국에 가 축구를 배우려면 미리 이런 외로움쯤은 견디는 법을 배워 두는 것도 나쁘지 않다는 생각이 들었다. 생각이 꼬리에 꼬리를 물고 저 멀리 가고 있을 때 귓가로 달려온 감독님 목소리 때문에 정신이 들었다.

"자! 내일부터는 대범이랑 정훈이로 편 나눠서 테스트 게임할 거니까 다들 준비하도록 한다. 자기가 뛰고 싶은 포지션 미리 말하고! 기회는 언제나 동등하게 줄 테니까."

여기저기서 환호성이 터져 나왔다. 선호는 공격수 포지션으로 갈까 고민이라고 했다.

"야! 넌 골 넣는 수비수야! 네가 없으면 누가 수비하냐?"

태주의 말에 선호가 오랜만에 환하게 웃었다.

"자! 오늘은 운동장 좀 가볍게 같이 달려 보는 걸로 신고식을 하겠다."

감독님은 휘슬을 불며 앞으로 먼저 달려 나갔다. 아주 오랜만에 땀 냄새가 나도록 운동장을 돌았다. 가볍게 달리자더니 열 바퀴를 돌았다. 완전 속았다.

"헉, 헉, 헉……."

하나둘 운동장 바닥에 누워 버린 아이들에게 이번에는 아이스크림이 하나씩 전달되었다. 꿀맛이었다. 우리는 아이스크림을 입에 물고 축구부 쉼터로 향했다. 쉼터는 운동이 끝나면 유니폼을 갈아입고 씻기도 하고 감독님 말씀도 듣는다.

축구부 쉼터 문을 여는 순간 우리는 깜짝 놀랐다. 전자제품 회사 유니폼을 입은 아저씨 두 명이 다 마무리 되었다며 인사를 했고 교감 선생님은 옆에 서 있던 어떤 아저씨에게 고맙다며 악수를 하고 있었다. 송대범과 닮은…….

"시원한 바람, 시원한 물! 여기가 천국이네."

태주가 쉼터로 들어오며 호들갑을 떨었다. 벽에 설치된 에어컨에서 시원한 바람이 나왔다. 애들이 정수기에서 얼음물을 빼 먹으며 난리를 피웠다. 목이 말랐지만 마시고 싶지 않았다. 집에 가면 실컷 물부터 마셔야겠다.

"감독님! 물 드릴까요?"

태주가 감독님에게 얼음이 동동 떠 있는 물을 갖다 드렸다.

"너 마셔. 난 아까 마셨어."

태주는 얼른 얼음을 건져서 입에 넣고는 차가워 죽는다고 소리를 질러 댔다. 감독님이 웃으며 쳐다보는 모습이 낯설지 않았다. 새 감독님 얼굴에서 떠난 우리 감독님이 보였다.

'우리 감독님은 잘 가셨겠지?'

나는 골키퍼 장갑을 가방에 잘 챙겨 넣었다.

불길한 예감

"이 뙤약볕에 추계 대회 선수 선발이라니. 내 몸이 이미 저 태양에 익숙해졌는데 가을에 제대로 작동을 하려나 모르겠다."

"그럼 태주 넌 내년 여름에 뛰면 되겠다. 푹 쉬었다가. 오케이?"

태주의 말에 선호가 장난을 쳤다. 태주는 자리에서 벌떡 일어나더니 공을 몰고 운동장 가운데를 향해 달렸다.

"야! 빨리 따라붙어. 연습해야지."

마지못해 선호도 일어나 태주에게 달려갔다. 나는 감독님이 선물해 준 장갑을 끼고 있다. A팀과 B팀으로 나누어 게임을 하는 동안 새 감독님은 우리가 게임하는 걸 보고 팀을 다시 구성한다고 했다.

당연히 골키퍼는 나랑 송대범이다. 태주와 선호와 나는 운이 좋게도 같은 팀이 되었다. 나는 우리 쪽 골대를 향해 걸었다. 송대범이 자기 골대 앞에서 점프 연습을 하는 게 보였다.

'넌 아니야, 저 자리는 내 거야.'

오늘 확실하게 감독님 눈에 들면 주전 골키퍼 자리를 되찾을 수 있다. 내가 누군가? 나 서정훈이다. 신라의 자랑, 서정훈.

한 손에 까만색 서류 판을 든 감독님이 축구부를 한 번 쭉 둘러보며 천천히 이야기했다.

"오늘은 너희들에게 말한 대로 경기 모습을 보고 추계 대회 선수를 선발할 계획이다. 순발력은 물론이고 집중력, 판단력, 체력까지 꼼꼼하게 볼 거니까 최선을 다해 주기 바란다. 알겠지?"

"네!"

감독님은 서류 판에 붙어 있는 하얀 종이에 점수를 적을 모양이다. 뭔가 칸도 있고 글자도 있는 곳으로 자꾸만 눈이 갔다. 송대범보다는 무조건 높은 점수를 받아야겠다는 생각에 주먹을 불끈 쥐었다. 그런데 갑자기 감독님이 서류 판에서 종이를 빼더니 맨 끝에 서 있는 나를 오라고 손짓했다. 무슨 영문인지 몰라 가슴이 쿵덕거렸다. 내가 뭐 잘못한 거라도 있는지 머리를 굴릴 새도 없었다.

"이거 한 장씩 나눠 줘라. 이번에 축구부를 위한 생활관을 짓는데 너희들의 의견을 수렴해서 결정하기로 했다."

순간 종이를 집어 든 아이들이 웅성거리기 시작했다.

"생활관이 뭐예요?"

태주의 질문에 감독님이 기다렸다는 듯 설명을 했다.

"기숙사지. 먹고 자고 할 수 있는. 축구에만 집중할 수 있도록 기숙사를 운영하자는 의견이다."

"우와! 기숙사. 말로만 듣던 그 기숙사?"

애들이 환호성을 질러 댔다. 같이 먹고 자는 합숙을 해 보긴 했지만 말이 합숙 훈련이지, 사실은 밤에 다 집에 가서 자고 아침 일찍 다시 모이는 거다.

우리 학교 애들이 예빛중학교를 부러워하는 이유가 바로 이 축구부 기숙사였다.

"와아, 뭐냐? 송대범 아빠가 후원회장이라며? 애네 아빠 진짜 돈 많나 봐."

"진짜 이거 너희 아빠가 지어 주신대?"

송대범이 우쭐해서는 몇 번 고개를 끄덕였다. 그러자 감독님이 모두 제자리에 앉으라고 했다.

"후원금은 졸업하신 선배들이나 후원회 가입한 학부모님들이 주로 모아 주셨다고 하는구나."

"감독님. 우리 아빠가 후원회장님이에요."

기어이 송대범이 하고 싶은 말을 했다. 감독님도 알았다는 듯 두어 번 고개를 끄덕였다.

"찬성 반대? 축구부에 바라는 것? 이게 무슨 말이야? 당연히 찬성이지. 유니폼 교체 의견? 당연히 새 유니폼이랑 축구화 필요함. 이렇게 적으면 되나?"

"아, 나도 엄마한테 말해서 당장 기숙사 들어간다고 하고 싶다."

"나도. 나도."

태주는 신이 났고 선호도 찬성에다 동그라미를 커다랗게 표시해서 냈다. 나는 할머니만 두고 기숙사에 들어갈 수 없어서 반대에 표시를 했다. 나 혼자만 반대에 표시를 한 것 같아 기분이 좀 그랬다.

"와! 진짜 대박이지 않냐? 말도 안 돼. 우리 학교가 이제 예빛, 걔네 축구부보다 훨씬 좋아지겠다. 그치? 히히히. 기숙사! 나 이제 진짜 축구만 할 거야!"

태주는 그동안 기숙사에 안 살아서 축구를 못했나 보다. 걸핏하면 나갈 거라고 하더니. 한바탕 설문 조사를 끝내고 우리는 본격적으로 게임을 시작했다. 7월의 태양은 뜨거웠고 나는 어느 때보다 열심히 몸을 날렸다. 까만 바탕에 주황색 줄무늬 장갑이 날아오는 공을 쳐낼 때마다 '퍽! 퍽!' 경쾌한 소리를 냈다.

A팀의 2대 0. 완벽한 승리였다. 모두 막아 낸 나와 달리 송대범은 2골이나 먹힌 거다. 그런데……. 송대범 저 자식은 왜 웃고 있는 거지? 기분 나쁜 이 불길한 예감은 뭐지? 손에 땀이 차서 얼른 장갑을 뺐다.

나무판이 없다

월요일 아침이 되고서야 송대범이 왜 웃었는지 알게 되었다. 이해할 수 없는 일이 생긴 거다.

수업이 끝나고 유니폼을 갈아입으러 축구부 쉼터로 향했다. 축구부 쉼터 벽에 붙어 있는 추계 대회 선수 선발 명단 앞으로 애들이 모여 있었다.

"잉? 뭐야! 왜 내가 없는 건데?"

태주가 실망한 듯 얼굴을 찌푸렸다.

"어라? 말도 안 돼! 나야 그렇다 치고. 정훈이가 떨어지고 송대범이 주전 골키퍼야? 테스트 게임에서 두 골이나 먹혔는데? 우이 씨!"

나는 그때까지만 해도 태주가 뭘 잘못 봤거나 장난치는 줄 알았다.

"진짜야?"

선호가 못 믿겠다는 듯 명단을 보더니 뒤돌아 나를 쳐다봤다.

"정훈아, 송대범이래. 추계 대회 주전 골키퍼……."

운동장 열 바퀴를 돌아도 다리에 힘이 풀려 주저앉는 일은 없었는데……. 주전 골키퍼 송대범이라는 이름을 확인하고 나서 처음으로 소파에 털썩 앉아 버렸다. 하지만 정신을 차리기도 전에 옆에 붙어 있는 〈유니폼 교체 알림〉을 보고는 슬금슬금 헛웃음이 나왔다.

등번호 1번 송대범.

내 1번을 송대범이 가져갔다. 한 번도 1번이 아니었던 적이 없는 내게서 1번을 가져갔다. 주전 골키퍼는 1번이라는 절대 불변의 진리 앞에서 나는 한 번도 놓친 적이 없었다.

'내 걸 뺏어 갔어…….'

뺏긴다는 건 슬픈 거다. 할머니는 가끔 나를 보며 말했다.

"네 건 네가 잘 챙겨야지 뺏기믄 큰일 나. 할미는 이제 다 뺏겨서 너 하나 남았는디……. 인자는 절대로 안 뺏길 겨."

등산복을 입은 엄마 아빠 사진 뒤에는 늘 커다란 산이 버티고 있었다. 할머니의 눈물이 사진 속 산 어딘가에 떨어졌다. 할머니는 아무렇지 않은 듯 쓱, 쓱 닦아 냈지만 난 알고 있었다. 할머니가 산을 많이 원망하고 있다는 것을.

"난 6번이고 선호는 5번이네. 어? 정훈아 너는 21번이야. 왜 이렇게 뚝 떨어졌냐?"

태주 목소리가 들리자 머릿속에 잠깐 나타났던 사진 속 산이 사라졌다.

새 감독님이 문을 박차고 들어오는 소리에 왁자지껄 떠들던 쉼터가 갑자기 고요해졌다. 그 뒤로 교감 선생님이 까만 서류 판을 들고 따라 들어왔다.

"차 감독, 내 말 좀 들어 보라니까 그러네."

"감독은 접니다!"

"알아, 안다니까 그러네. 자네가 감독이지. 후원회장님 말씀은 뭐냐면……."

우리는 에어컨 옆에 놓인 소파에 앉았다가 모두 일어나 슬금슬금 밖으로 나왔다. 이럴 때 눈치 없이 자리에 앉아 있는 건 송대범 같은 자식이나 하는 짓이다. 잠깐이지만 교감 선생님이 뭔가 엄청나게 큰 잘못을 해서 감독님이 화가 났다는 걸 짐작할 수 있었다.

축구부 쉼터 문을 열고 나와 운동장으로 가려는데 쉼터 문 뒤에 종이 한 장이 떨어져 뒹굴고 있었다.

나는 종이를 꼬깃꼬깃 접어 바지 주머니에 쑤셔 넣었다. 쓰
레기를 넣은 것 같아 기분이 더러웠다. 교장 선생님은 송대
범이 주전 골키퍼가 되었다는 걸 어떻게 미리 알았을까? 유
니폼 교체는 송대범을 위한 것인가? 진흙 속에서 겨우 한 발
을 빼는 순간 다른 쪽 발이 더 깊이 진흙 속에 빠져 버린 기
분이다. 나오려 해도 자꾸만 더 깊이 들어가는 진흙에 갇힌
몸은 나를 꼼짝도 못 하게 만든다. 주변에 넓은 나무판이 있
다면 그걸 잡고 빠져나오면 될 것 같은데……. 내 주변에 나
무판이 없다. 나무판을 던져 줄 사람도 없다. 진흙 속에 빠
진 발이 너무 무겁다.

제발 지게 해 주세요

지역 신문에 우리 학교 기사가 크게 났다. 교장 선생님의 예언이 딱 들어맞은 것 같다. 신라중학교 축구부의 부활! 추계 전국 중등부 축구 대회 4강 진출!

하나도 기쁘지 않다. 단체로 찍은 축구부 사진 한가운데에 송대범이 브이를 하며 웃고 있었다. 뒷줄 맨 끝에 서 있는 나를 찾는 건 어렵지 않았다. 바닥을 내려다보고 있는 까만 머리 정수리가 보이는 애가 바로 나다. 제기랄!

학교 체육관 옆에 포클레인과 레미콘이 바쁘게 왔다 갔다 했다. 교장 선생님도 우리가 경기를 할 때마다 바쁘게 왔다 갔다 했다. 늘 송대범 아빠와 함께였다.

4강에 오르는 동안 교장 선생님과 송대범 아빠는 경기가 끝난 뒤 서로 수고했다고 말하며 악수를 했다. 감독님은 우리에게 수고했다며 손뼉을 쳐 주었다. 나는 1초도 못 뛰는 날이 이어지는 내내 이 대회가 빨리 끝나기를 기도했다.

'오늘은 제발 지게 해 주세요!'

"자! 오늘이 드디어 준결승이다! 다들 힘내자!"

오늘은 내 소원이 이루어지기를 기도하며 축구부 버스에 올랐다.

"우리 누나는 아무것도 모르면서 이런 건 왜 주는지. 에휴……."

손흥민 사진, 아니 손흥민 엽서였다.

"이건 내 거고. 이건 너 주래."

〈정훈아! 오늘도 파이팅! 꼭 잘 될 거야! '선주'〉

누나 목소리가 들리는 것 같다. 늘 씩씩한 선주 누나. 초등학교 때는 같이 축구도 했는데. 누나는 여자 중학교, 우리는 남자 중학교에 오면서 만날 일이 별로 없다.

'선주' 옆에 '누나'가 빠진 게 어색하지만 싫지 않다. 겨우 한 살 차인데 뭐. 이제 몇 달 되면 3학년이다. 고등학교 축구부 감독님들이 이번 대회를 보러 온다는 소문이 돌았다.

"떡잎부터 알아봐야 한다잖냐. 암튼 이번 대회에서 우승하면 아마 고등학교로 스카우트 될걸."

우리 학교 최고 스트라이커 지석이는 이미 고등학교 감독님한테 연락도 왔다고 자랑했다. 부럽다, 지석이가. 우리 동동희 여사는 내가 축구하는 걸 반대는 안 하지만 그렇다고 열렬히 지원해 주는 것도 아니다.

"냅둬라. 지가 하고 싶은 거 하게. 말린다고 되냐? 피는 못 속이는 법인디."

내가 축구를 그만둔다면 그건 엄마 아빠를 안 닮은 거라고 했다. 고모는 농담으로 한 말이라지만 고모의 반대에도 내가 축구를 계속 고집한 이유다. 희미해진 기억 속에도 없는 엄마 아빠지만 연결되어 있다는 느낌이 들었다. 하지만 지금은 말리면 확, 그만두고 싶다. 끝내 송대범에게 밀린 2인자가 되느니! 결정해야 한다.

후반전이 끝날 때까지 0대 0 상황이 계속되다가 드디어 선호가 골을 잡았다. 수비수 2명을 차례로 제치고 몸을 틀며 슛을 날렸다.

"아! 아쉽다. 넣을 수 있었는데."

그 순간, 나는 안도의 숨이 터져 나왔다.

'휴우……. 들어가는 줄 알았네.'

"와, 진짜 아쉽다. 그치? 선호 저 자식 넣었으면 완전 영웅 되는 건데."

지금 선호가 영웅이 되는 게 문제가 아니라 송대범이 무실 점으로 결승에 오르는 골키퍼가 되는 게 문제다. 태주는 내 속도 모르고 안타까워한다.

"연장전 준비!"

감독님이 다급하게 애들을 불러 모았다. 모두 감독님을 에워싸고 서서 물을 마시며 감독님 말에 귀를 기울였다.

"다들 준비됐지? 연장전은 체력전이야. 정신력도 체력이 좋아야 나오는 거야. 그동안 오늘을 위해 달리고 또 달린 거야. 알겠지?"

체력전이든 정신력 싸움이든 나는 아무 상관없었다. 내 바람은 딱 하나니까. 우리 팀이 지는 것! 송대범과 저 새끼 아빠가 좋아하는 꼴을 더 이상 안 보는 것. 이게 내가 바라는 거다. 벤치에 앉아 주전으로 뛰는 날을 손꼽아 기다리는 태주에게는 입이 열 개라도 할 말이 없고 할 수도 없다. 하지만 지금 내 머릿속은 송대범을 물리치는 것, 그것밖에 없다. 드디어 쉴 새도 없이 연장전이 시작되었다. 나는 두 손을 꼭 잡고 기도했다. 10분이 어떻게 흘러갔는지 모르겠다. 득점 없는 전반전에 이어 후반전도 그냥 그렇게 흘러갔다. 체력에 밀린 상대 팀이 지루하게 공을 주고받으며 시간을 때우는 작전을 썼다. 감독님의 예상대로 상대 팀은 일찌감치 승부차기를 준비하는 듯했다. 주심이 연장 후반도 종료되었다는 휘슬을 불었다. 손에 땀이 찼다.

곧이어 워터 타임도 없이 승부차기를 준비하라는 감독님의 지시가 내려졌다. 송대범이 장갑을 끼고는 권투 선수처럼 두 주먹을 마주치며 탁, 탁 소리를 냈다. 저 자식은 골키퍼 장갑이 권투 글러브인 줄 착각하나 보다. 저 밥맛없는 자식은 권투가 주먹질하는 거라고 생각할 놈이니까. 저절로 똥 씹어 먹은 표정이 되어 송대범을 째려보고 있을 때 다급해진 감독님 목소리가 들려왔다.

"지난번 연습한 대로 하면 되는 거야! 일 번은 지석이가 차고 그다음은."

모두들 긴장한 표정이 역력했다. 시합을 하면서 연장전까지 가는 일은 그리 많지 않다. 더구나 연장전에서도 승부가 나지 않아 오늘처럼 승부차기를 하는 경우는 1년 시합에서 손가락을 꼽을 정도니까 다들 익숙하지 않은 상황에 당황하는 게 당연하다. 나도 그랬으니까. 상대 팀도 마찬가지겠지. 오늘만은 상대 팀이 덜 당황하기를 간절히 바랄 뿐이다.

상대 팀이 먼저 찼다. 나는 두 손을 꼭 잡고 기도했다.

'제발, 제발!'

잠시 뒤 상대 팀 키커가 두 팔을 번쩍 들며 환호성을 질렀다.

"에이⋯⋯."

태주가 아쉬워하며 발을 굴렀다.

'잘했어!'

상대 팀 1번 키커가 깔끔하게 골네트를 흔들었다. 송대범이 아쉬운 표정으로 공을 잡아 발로 찼다. 우리 팀에서는 언제나처럼 가장 배짱이 좋은 지석이가 우리 팀 1번 키커로 나갔다. 가볍게 찬 공이 네트를 흔들며 중앙으로 꽂혔다.

"우우와아!"

'에잇!'

지석이 저 녀석은 정말 얄미울 정도로 잘 찬다. 하긴 감독님이 집에 가라고 소리를 지르며 운동장에서 내쫓을 때까지 연습하는 애니까. 그냥 잘하는 게 아니니까.

지석이가 손으로 브이를 만들며 어깨동무를 하고 있는 우리 팀 쪽으로 뛰어왔다. 순간, 나도 모르게 손을 높이 쳐들며 하이파이브를 외칠 뻔했다.

아차! 지금 좋아할 때가 아니지.

바로 상대 팀 선수가 들어왔다. 이번에도 송대범이 손을 못 쓸 정도로 오른쪽 골대 안쪽으로 깊숙하게 찔러 넣었다.

아쉬워하는 아이들 틈에서 속으로 방방 뛰며 손뼉을 쳤다.

'오, 예스!'

송대범 새끼 아쉬워하는 표정이 다 잡은 먹이를 놓친 며칠 굶은 하이에나 같다.

2대 1이 되자 우리 팀은 조급해졌다. 점수를 따라가야 하는 입장이니까. 이번에 넣어야 동점이 되는 거다.

2번 키커는 지난번에 승부차기에 실패한 나일이였다. 부담

백배일 거다. 나일이에게는 미안하지만 오늘도 허공으로 날려 주길 간절히 바랐다.

나일이가 가볍게 달려오다 왼발로 살짝 감아 올렸다. 너무나도 깔끔한 포물선을 그리며 날아오른 공이 골네트를 흔들었다.

"우와! 골!"

나일이는 펄쩍펄쩍 뛰며 어깨동무를 하고 있는 애들에게 달려왔다. 애들이 등을 마구 때리는 걸로 기쁨을 표현했다. 하나도 안 아플 거다.

다시 원점이 되었다. 숨 가쁘게 진행될 줄 알았던 승부차기는 3번부터 허무하게 끝나기 시작했다. 상대 팀 선수가 연속으로 두 번을 실패했다. 우리 팀은 3번 기태가 골을 넣었고 4번 선호 차례다. 선호까지 넣으면 4대 2다. 그럼 게임 끝이다.

"선호 파이팅!"

태주가 연신 선호 이름을 부르며 파이팅을 외쳤다. 선호도 한 손을 번쩍 들어 보이며 자신감을 보였다.

'아, 제발! 제발! 선호야! 제발.'

"헉! 아……."

골키퍼 손에 맞은 공이 골대 위로 날아가는 걸 쳐다보며 입을 다물지 못했다. 여기저기서 탄성이 흘러나왔다.

'우와!'

기뻐서 소리를 지를 뻔했다. 감독님은 입을 다문 채 두 번 손바닥을 맞대며 손뼉을 쳤다. 첫 번째는 '괜찮다.' 두 번째는 '끝까지 해 보자.'일 거다. 정말 다행이었다. 이래서 내가 선호를 좋아하는 거다. 텔레파시가 통하는 게 틀림없다. 5명씩 차는 승부차기는 3대 2로 앞서고 있고 이번에 상대 팀 골을 막으면 그대로 종료된다.

상대 팀의 다섯 번째 선수가 나왔다. 어쩌면 마지막 선수가 될지도 모르는.

'넣어! 넣어!'

내 간절한 기도가 제발 상대편 선수에게 전달되기를 바라며 두 손을 잡았다. 송대범이 두 팔을 벌린 채 공을 쳐다보았다.

"하나만 막으면 끝이야!"

애들의 응원 소리를 들었는지 송대범이 손을 흔들었다. 상대편 선수도 긴장이 되었는지 제자리 뛰기를 하고 있었다. 주심의 휘슬 소리에 상대 팀 선수가 공을 찼다. 오른쪽 골대 모서리를 향해 날아간 공을 송대범이 몸을 날려 쳐 냈다.

'퍽!'

송대범이 오른쪽 어깨 쪽을 움켜잡으며 쓰러진 채 누워 있었다. 바닥에 떨어지며 어깨에 충격이 있었나 보다. 얼굴이 일그러진 송대범의 고통보다 공을 막아 낸 것에 대한 분노가 앞섰다.

'에이 씨!'

나만 빼고 온통 축제의 날이다. 전광판에는 3대 2가 빨간
빛을 내며 번쩍거렸다.

참을 수 없는 일

송대범이 이틀째 학교에 오지 않았다. 축구부에도 나타나지 않았다.

"감독님! 대범이 오늘도 안 왔는데요."

그제야 감독님이 걱정스런 표정으로 대답을 기다리는 태주를 보며 말했다.

"어깨뼈가 골절돼서 수술을 해야 할 것 같다는구나. 두 달은 경기를 못 할 것 같은데……. 안 그래도 다음 주 결승 때는 정훈이가 나가야 할 것 같아 이야기하려던 참이었다."

다른 말은 하나도 귀에 들어오지 않는데 '결승 때는 정훈이가'라는 말에 감독님 입을 뚫어져라 쳐다봤다.

"대범이 대신 네가 결승에서 뛰어야 할 것 같은데. 괜찮겠니?"

나는 너무 좋아서 대답하는 것도 잊었다.

"네."

괜찮은 정도가 아니라 얼마나 기다렸는데요. 감독님도 아시잖아요. 제가 얼마나 잘하는지요. 송대범 아빠만 아니었으면, 내가 주전으로 뛰는 건 아무 문제가 없었다고요. 감독님은 내가 하고 싶은 말을 알고 있을까?

"그래, 정훈아 기회가 왔어! 다 보여 주자. 응?"

감독님이 이렇게 환하게 웃을 수 있는 사람이라는 걸 처음 알았다. 축구부 연습이 끝나고도 남아서 선호랑 태주와 함께 펀칭 연습을 했다.

"정훈아! 다시 말하지만 날아오른 공에서 눈을 떼지 않는 거야. 끝까지 보는 것. 이게 중요해."

태주가 생전 처음 듣는 비법이라도 가르쳐 주는 양 눈에 힘을 주고 말했다.

"태 감독 되셨네 아주! 큭큭."

선호가 태주 어깨를 툭, 툭 치며 장난스럽게 웃었다. 아주 오랜만에 예전으로 돌아간 듯 편했다. 대범이가 나타나기 전 그때로.

땀범벅이 되었지만 찌든 땀 냄새마저도 반가웠다. 결승전만 잘해 내면 모든 게 완벽한 거다.

"그런데 저기 말이야. 왜 요즘은 스톱이야?"

선호가 턱으로 기숙사 공사장 쪽을 가리켰다. 며칠 전까지만 해도 포클레인이 왔다 갔다 하고 덤프트럭이 흙을 바쁘게 날랐는데 조용하다.

"대범이가 스톱 됐으니까 저것도 스톱이지. 안 그러냐?"

태주는 뻔한 거 아니냐며 나랑 선호에게 눈치가 없다고 구시렁댔다.

"우리 엄마가 그러는데 사람은 눈치가 있어야 성공한대."

그러고 보니 정말로 대범이가 학교에 안 나오는 동안 공사도 멈추었다.

"그것만 멈춘 줄 알아?"

태주가 이번에는 혼자만 눈치 있는 척 아주 어려운 질문을 해 놓고 기다렸다.

"또 뭐, 뭐가 멈췄어?"

선호는 도통 모르겠다는 표정으로 나랑 태주를 번갈아 봤다.

"글쎄 나도 모르겠는데……."

나는 눈치가 없으니까 당연히 모르는 거다. 고모도 그랬다. 나는 눈치가 없다고.

"맛있냐고 물으면 네! 하고 대답해야 주인이 좋아하지. 뭘 망설이고 우물쭈물해. 네가 무슨 요리 연구가도 아니고. 하여간 눈치가 없어, 눈치가."

동네에 새로 생긴 반찬 가게 아줌마가 오이소박이를 담갔다며 내 입에 넣어 주었다. 나는 정말 대답을 할 수가 없었다. 내가 가장 싫어하는 게 오이랑 생선이다. 오이는 그 상큼한 향기가 싫고 생선은 그 비릿한 냄새가 별로다. 오이 비누도 싫어하는 나에게 시뻘건 고춧가루로 뒤범벅된 커다란 오이 조각을 억지로 내 입에 밀어 넣었으니 내 표정이 저절로 일그러졌을 거다.

"어휴 어쩌나……. 맛이 없나 보네."

반찬 가게 아줌마의 말 한 마디 때문에 고모는 툭, 하면 나더러 세상 물정을 다 가르쳐 줘야 한다며 못마땅해했다

"거짓말도 좀 하고! 좀 약게 살란 말이야. 네 엄마 아빠 닮지 말고."

아, 진짜! 왜 갑자기 고모가 했던 많은 말들 중에 이 말이 떠오르느냐고. 나도 모르게 한숨을 내뱉으며 어깨를 떨어뜨리자 태주가 미안하다는 듯 나를 쳐다봤다.

"어려워서 그래? 내가 알려 주지 뭐. 교장 선생님이 여기 축구부 오는 것! 대범이가 안 오니까 교장 선생님도 안 오잖아. 그치?"

듣고 보니 태주 말이 딱 맞았다. 며칠째 교장 선생님이 보이지 않는다. 축구부에 남다른 관심과 애정을 가지고 송대범 아빠와 웃으면서 얘기하곤 했는데. 송대범이 학교에 나오지 않으니까 교장 선생님도 축구부를 찾는 일이 사라진 거다.

"하지만! 우리가 이번에 우승하면 교장 선생님이 만날 찾아와서 자랑스러운 신라의 여러분 할걸."

"맞아, 맞아! 헤헤헤."

빨리 그날이 오면 좋겠다.

몸이 가볍다. 드디어 결전의 날이다. 아침 일찍 일어나 지난번에 감독님이 떠나며 주신 장갑을 찾아 꼈다.

'다! 막아 버려야지!'

탁, 탁 소리가 나게 손뼉을 치자 왠지 벌써 두 골은 막은 것 같다.

"오늘 중요한 시합이라메? 잘허구 와!"

동동희 여사의 주특기! 내가 가장 좋아하는 오징어돼지불고기를 접시에 담으며 말했다. 세상에서 가장 맛있는 게 이 오삼불고기다.

"내가 이거 하나는 잘 만들지 않냐? 하여간 어디만 간다고 허믄 내가 힘내라고 요거 만들어 멕였어."

동동희 여사가 또 알 듯 말 듯 한 옛날 얘기를 하려다 말고 얼른 자리를 떴다.

'치! 누가 궁금하댔나……'

오삼불고기에 밥을 한 그릇 얼른 비우고 일어났다. 역시 배는 든든하고 볼 일이다. 배 속이 꽉 찬 게 힘이 난다.

축구화도 다시 한 번 단단히 조여 맸다. 우승을 꽉 붙들어 매는 심정으로.

"다녀오겠습니다!"

하늘도 맑고 구름도 하얗고 깨끗하다. 바람도 선선하다.

학교 운동장에 축구부 전용 버스가 대기하고 있는 게 보였다. 마치 나를 기다리고 있는 듯했다.

'기다려. 나 서정훈이 간다!'

교감 선생님 옆에 교장 선생님까지 나와 있는 걸 보니 결승은 결승인가 보다. 게다가 송대범 아빠도 함께였다.

'어깨는 아직 다 안 나았을 텐데······.'

후원회장이니까 응원하러 왔나 보다. 모두들 긴장해서 그런지 표정에 여유가 없어 보였다. 맑은 하늘과는 다르게 모두 무거운 얼굴을 하고 있었다.

"정훈아, 왔냐?"

태주가 내 손을 잡아끌고는 버스에 태웠다. 아! 태주는 눈치의 달인이지. 이 무거운 분위기를 눈치채고 있을지도 모른다.

"아침부터 표정들이 왜 저래? 뭔 일 있어? 감독님 화난 것 같던데······. 교감 선생님도 이상하고."

"그치! 아주 정확하게 봤어. 무슨 일이 생긴 건 확실해. 안 좋은 일."

"안 좋은 일?"

요점을 말해야지 알아듣지. 태주는 그게 문제다. 중요한 건 빼놓고 남들 다 아는 걸 혼자만 아는 척하는 거.

"무슨 안 좋은 일인데?"

"쉬이잇……."

태주가 검지를 쭉 펴더니 입술에 갖다 대며 주위를 살폈다.

"우리 학교 출전 금지당했대……."

"그, 금지? 왜에? 갑자기? 누구 맘대로?"

이런 귀신 씻나락 까먹는 소리가 어디 있는 거야? 태주가 나를 놀리려고 하는 말이기를, 태주가 긴장 풀어 주려고 장난친 말이기를 간절히 바랐지만 나는 그동안 눈치가 늘었나 보다. 무거운 표정들이 떠오르자 무슨 문제가 생긴 게 틀림없다는 느낌이 왔다.

"글쎄……. 갑자기 무슨 문제가 생겨서 조사를 해야 한다나……. 예빛중학교에서 무슨 제보를 했다고 하던데……."

버스 의자에 앉아 있던 선호가 벌떡 일어나서는 내게로 다가왔다.

"태주 말이 맞아. 아침에 갑자기 우리 학교는 출전 금지됐다고 연락 왔대."

지금 선호가 무슨 말을 하고 있는 건지 알 수가 없었다. 잘못 들은 거겠지. 우리 학교 축구부가 출전 금지를 당했다고? 우리 학교가 왜? 무슨 잘못을 했는데!

"감독님은 화가 났고. 교장 선생님이랑 송대범 아빠도 막 당황스럽다고 하더라."

뭐지, 이게 무슨 말이야. 방귀야? 태주가 흔들리는 내 눈을 보며 안타까운 듯 말을 이었다.

"진짜 웃긴다니까. 이게 뭐겠냐고. 오랜만에 우리 정훈이한테 기회가 왔는데. 이번에 고등학교 감독님들도 많이 온댔는데."

"정말 너무해. 출전 금지라니……."

"그래서 감독님이 도대체 무슨 일이냐며 설명해 달라고 하는데. 교장 선생님도 그렇고 송대범 아빠도 그렇고 다음에 나가면 된다면서……."

"하아……."

가만히 있을 수 없었다. 자리를 박차고 버스에서 내렸다. 감독님에게 물어야 했다.

"감독님! 애들 말이 사실이에요? 왜요? 왜 금지예요? 우리가 뭘 잘못했다고요?"

"아, 아니. 너 감독님한테 버릇없이 이게 지금 뭐 하는……."

교감 선생님이 어쩔 줄 몰라 하며 나를 쳐다봤지만 감독님은 내 어깨에 가만히 손을 올려놓았다. 그러고는 내 당돌한 질문에 감독님은 단호하게 대답했다.

"너희들 잘못한 거 없다. 미안하다, 정훈아."

맑았던 하늘에서 빗방울이 두둑, 하고 떨어졌다. 눈물인지 빗물인지 모를 물이 얼굴을 타고 내려왔다. 세상에 나를 도와주는 수호천사는 없는 것 같다.

송대범을 이기는 법

운동장 플라타너스 나무 아래에 낙엽이 수북이 쌓였다. 대범이는 두 달 동안 재활 치료를 받고 나타났다. 우리는 결승전을 못 치른 뒤로 축구부 일정이 느슨해졌다. 어떤 시합을 목표로 연습해야 하는지도 모르겠고. 동계 훈련이 시작된다고는 하지만 이제 몇 달 뒤면 3학년이다. 3학년이 되면 축구를 계속할지 말지 결정해야 한다. 축구를 계속한다고 해도 아직 고등학교를 정한 것도 아니고. 송대범과 같은 고등학교를 가게 되면……. 다시 경쟁을 해야 한다. 송대범 아빠는 또 후원회장을 하며 관심을 쏟아붓겠지.

문득 우리 엄마 아빠는 왜 나를 지켜 주지 않고 떠났는지 원망스러웠다. 동동희 여사가 들으면 아주 많이 서운해할 것 같아 한 번도 말한 적은 없다. 하지만 엄마 아빠를 한 번만 만날 수 있다면 왜 그랬는지 물어보고 싶다.

'나도 남들 다 있는 엄마 아빠가 있었다면……'

운동장을 넋 놓고 바라보던 나는 인기척이 들려 얼른 발아래에 있던 공을 굴리며 드리블 연습을 하는 척 몸을 풀었다. 감독님이 서류 한 장을 흔들며 우리를 바라봤다.

"자! 얘들아. 오늘부터 열심히 하자. 동계 시즌 한강 배 중학교 축구 경기 리그가 다음 주부터 시작이야. 우리 학교가 출전하기로 했다! 올해 마지막 기회니까 모두 열심히 하자고!"

'모두 열심히……'

괜히 감독님 말씀이 서운하게 가슴에 꽂혔다.

운동장 돌기를 하는 틈을 타 감독님 옆으로 갔다. 궁금해서 견딜 수가 없었다.

"저기요. 감독님! 전 이제 주전으로 못 뛰나요? 이번에도 송대범이 나가나요?"

감독님에게 확인받고 싶었다. 서정훈, 내가! 송대범에게서 1번을 가져올 수는 없는 것인지.

"정훈아, 널 믿고 최선을 다해 봐. 기회는 꼭 올 거야."

참 애매한 답이다. 감독님! 그러니까 저에게 기회를 주실 거냐고요!

나의 늘어난 눈치를 굴려 보자면 이번에도 송대범이 주전 골키퍼가 될 것 같다. 다시 운동장에 나타난 덤프트럭과 불도저가 말해 주고 있다.

"캬아! 이제 우리 축구부 기숙사가 드디어 완성되어 가는구나. 기대된다, 정말!"

태주는 형이랑 같은 방을 안 쓴다는 게 무조건 좋다고 했다. 나는 형이 있는 태주가 부럽기만 한데.

"기숙사가 별거냐? 쪼그만 방 하나 있고. 쪼그만 화장실 하나 있고. 너무 쪼그매서 한 명이 똥 누고 있으면 다른 사람은 들어가서 세수도 못 할걸."

선호는 기숙사에서 살아 본 사람처럼 말했다. 요즘 선호가 송대범 얘기만 나오면 콧방귀다. 거의 나하고 동급이라고나 할까? 운동장 한 바퀴를 달리는 동안 저 앞에서 뛰고 있는 송대범과 우리 학교 스트라이커 지석이가 뭐가 그리 좋은지 웃음이 떠나지 않는 게 보였다.

"둘이 친해졌나 봐."

"그치. 이번에 시합 잘되면 송대범도 지석이도 거의 고등학교 스카우트 결정될걸."

선호는 애써 태연한 척 말했지만 원래 공격수가 되고 싶다고 늘 말했기 때문에 지석이가 부러웠을 거다. 아무리 '골 넣는 수비수'라 해도 관중들은 어쩌다 운 좋게 들어간 골이라 생각할 거다. 공격수가 넣은 골이 아니니까.

언제나 스포트라이트는 골을 넣은 스트라이커나 골문을 지킨 골키퍼 몫이라는 걸 선호는 잘 안다. 나는 운동장을 세 바퀴 돌았을 때 선호를 쳐다보며 어쩌면 선호도 나랑 같은 생각을 할지도 모른다는 말도 안 되는 상상을 했다.

'에잇! 아니지. 서정훈 너 진짜! 웃긴다.'

고개를 마구 흔들며 다시 플라타너스 나무 아래까지 왔다가 달렸다.

'헉, 헉, 헉……'

숨이 찼다. 이렇게 숨이 찬데 내가 너무 멍청하게 머리까지 마구 흔들어 댔는지 머리가 지끈거렸다.

"넌 아까부터 왜 자꾸 머리를 흔들고 그러냐? 아! 축구는 발로 하는 게 아니라 머리로 하는 거다! 그거 보여 주는 거야? 크크크."

송대범이 히죽거리자 옆에 있던 지석이가 따라서 웃었다. 송대범까지는 참겠는데 지석이까지 벤치로 밀려난 나를 비웃는 것 같아 짜증이 확 밀려왔다. 분위기가 살벌해질 뻔했는데 다행인지 불행인지 선호가 또 일을 만들었다.

"아, 맞다. 정훈아, 이거 전해 달래. 내가 깜빡할 뻔했다."

아, 손흥민 사진 엽서였다. 선호는 왜 이 타이밍에 이걸 내미는지…….

"오홀! 뭐냐? 축구로 안 될 것 같으니까 이제 연애하는 거냐? 큭큭."

송대범 말에 화가 난 건지, 지금 손흥민 엽서를 내민 선호에게 화가 난 건지 모르겠다.

"우리 정훈이 왕팬이 있어서. 팬레터, 아니 러브레터! 꼭 전해 달라는 심부름이다. 부럽냐?"

선호가 송대범을 쏘아봤다. 마치 자기가 왕팬인 것 같은 표정으로.

팬레터까지는 괜찮았는데 러, 러, 러브레터라니! 선호 쟤가 미쳤나 보다.

〈정훈아! 인생은 속도가 아니라 방향이야. 파이팅!〉

글자가 이렇게 예쁘고 아름다울 수 있다는 걸 처음 느꼈다. 정성이 가득 찬 글자가 나를 오랫동안 바라봤다.

'인생은 방향…….'

나침반이 있다면 내 인생의 방향도 알려 줄까? 오늘 내가 어떤 방향으로 나아가야 하는지 알려 줄까? 하지만 나는 지금 누나의 '힘내'라는 응원을 들을 자격이 없다. 지금 이게 무슨 상황인 거지? 중요한 걸 말하려던 찰나였는데.

운동장 다섯 바퀴를 도는 동안 나는 '인생의 방향'과 함께 돌았다. 선주 누나의 글씨가 머릿속에 딱 붙어서 떨어지지 않았다. 운동장을 다 돌고 나무 아래에서 쉬고 있는 선호에게 다가갔다.

"선호야아⋯⋯."

조용히 가만히 선호를 불렀다. 그리고 아까부터 생각했던 걸 선호에게 말하기로 결심했다. 이제 결정해야 될 때가 온 것이다.

너 내 친구지?

일주일이 어떻게 갔는지 모르겠다. 내일이 드디어 시합 첫 날이다. 더 이상 미룰 수 없었다. 9시 뉴스 아나운서가 '오늘의 사건 사고입니다.'라고 말하는 소리를 듣고 동동희 여사가 눈치채지 못하게 조용히 나왔다. 동동희 여사는 사건 사고 뉴스를 볼 때랑 드라마 볼 때는 세상 근심 걱정 다 안고 사는 사람 같다.

"쯧쯧쯧, 어째 저런 일이 있댜……."

"쯧쯧쯧. 어째 저런 사람이 있댜……."

이만하면 한 30분은 동동희 여사의 레이더망에서 벗어났다 돌아와도 될 것 같다.

오복빌라를 향하는 발걸음은 왜 매번 이런 기분인지 모르겠다. 물먹은 솜을 어깨에 메고 강을 건너는 당나귀가 된 기분이다. 오복빌라 입구에 도착한 나는 숨을 내쉬며 스마트폰을 열었다. 3번을 누르는 손가락에게 호통을 치는 것도 잊지 않았다. 눈에 띄게 떨려서.

'수전증 걸렸냐! 왜 그래. 쪽팔리게.'

휴우, 처음에 뭐라고 말하지? 사랑 고백을 하는 것도 아닌데……. 가슴이 두근거리고 얼굴이 화끈거렸다. 선호는 아주 어렸을 때부터 내 친구니까. 공을 가지고 놀 때부터 공과 선호는 나와 늘 함께였던 친구다. 그러니까……. 그러니까……. 내 마음을 잘 알 거다.

"여보세요? 선호야 나야. 정훈이."

게임을 하다 받았는지 신호음이 울리자마자 1초도 안 돼서 선호 목소리가 들렸다.

"잠깐 나와 봐. 할 말 있어."

오복빌라 입구에 붙은 '오복 ㅣ라'에 ㅂ을 써 붙여 주고 싶다고 생각하는데 선호가 슬리퍼를 질질 끌며 나왔다.

"웬일?"

"으응……."

입이 안 떨어졌다. 내 머릿속도 복잡한데 자꾸 '오복 ㅣ라'를 쳐다보니까 더 해결이 안 되는 것 같았다.

"저기 '빌' 자가 왜 저러냐?"

"응, 작년에 태풍 왔을 때 가출했어. 비읍."

"아……."

"왜 그거 물어볼라고 왔냐?"

"아니. 그게 아니라."

조금 있으면 사건 사고 뉴스도 끝날 텐데. 동동희 여사가 찾기 전에 말을 끝내야 한다.

"너 내 친구 맞지?"

이 와중에 튀어나온 말이 고작 친구 확인하는 거라니. 도무지 회전이 되지 않는 내 머리통을 때려 주고 싶다.

"그게……. 선호야."

이렇게 뜸을 들이는 건 말이지 아주 어려운 부탁이라서 그런 거란다. 태주가 있었다면 눈치를 챘을까?

"뭔데. 빨리 말해! 나 러블리 애플 나오는 드라마 봐야 돼."

선호도 동동희 여사처럼 드라마에 죽고 못 사나 보다. 내 마음도 급하다.

"선호야. 나 축구 그만두려고."

거의 오복빌라 B101호 쪽으로 반쯤 돌아서 있던 선호의 몸이 깜짝 놀라며 내 앞으로 홱 돌아섰다.

"뭘 그만둬? 축구? 왜?"

우리는 매일 세계 지도 앞에 서서 영국을 찾았고 손흥민을 만나면 해야 할 첫인사를 연습했다.

"아임 프럼 코리아. 아이 라이크 싸커. 아이 러브 손흥민!"

언젠가 비행기 값이 모아지면 꼭 영국에 같이 가기로 했다. 선호는 고소 공포증이 있어서 혼자서는 절대로 못 간다고 했다.

"응. 이제 그만하려고, 축구! 그래서 마지막으로 부탁하러 왔어. 너 온통 진흙인 갯벌에서 발이 빠지면 어떨지 생각해 봤어? 나무판이 있으면 나올 수 있는데……."

선호 눈이 아까보다 더 커졌다. 나는 결심을 굳혔다는 듯 말했다.

"나무판? 무슨 소리냐? 진흙에 빠질 일이 어딨냐? 갯벌에 갈 일도 없는데."

선호가 갑자기 웬 진흙 타령이냐며 얼굴을 한껏 구겼다.

"송대범 말이야. 그런 애는 축구를 하면 안 돼!"

갑자기 목에 힘이 들어가서 소리를 질렀다. 선호가 입을 다문 채 계속 내 말을 기다렸다.

"너도 알잖아. 걔가 어떤 앤지."

"알지……."

"그러니까 그런 애가 축구를 하면 되겠냐?"

"안 되지……."

선호가 말귀를 알아듣는 것 같아 다행이다.

"이건 반칙이라고! 걔는 진작 축구장에서 영원히 퇴장을 당했어야 했어! 맞잖아. 그치?"

"그렇지……."

선호가 고개를 끄덕이며 내 말이 다 옳다고 말해 주는 것 같았다.

"그러니까! 걔가 축구를 계속하게 두고 볼 수가 없어. 난 그거 막아야 돼."

갑자기 입 주위의 근육들이 주책없게 씰룩거렸다. 그러다 눈이 뜨거워지더니 야속하게도 눈물이 뚝, 떨어졌다. 진짜 쪽팔리게…….

"그래서 내가 뭐 하면 되는데? 부탁한다며……."

송대범이 그랬던 것처럼. 나도 선호에게 똑같은 제안을 했다. 송대범은 협박이었지만 나는 부탁이다. 그게 다른 거다.

"나더러 또 그렇게 하라고?"

선호가 고개를 숙이며 더 이상 말을 하지 않았다.

"죽을 것 같았어. 너한테도 애들한테도 너무 미안하고 창피하고 내가 싫어서……. 송대범이 조종하는 대로 움직이던 그날 장난감이 된 것 같아 죽을 것 같았다고."

선호가 기억하기 싫은 듯 떨리는 목소리로 가늘게 이어 갔다.

"이번엔 달라. 복수하는 거야! 송대범은 한 번 당황하면 사기가 팍 떨어지는 거 알지? 걔는 비굴한 패잔병이 되는 거야!"

나는 파렴치한 적들을 무찌르는 정의로운 아군의 대장이 된 듯 목소리를 높였다.

"모르겠다, 난……."

의외였다. 선호도 좋아할 줄 알았는데……. 모르겠다니!

"선호야. 이건 생각하고 말 것도 없어. 송대범은 우승하면 안 돼! 축구는 떳떳해야 한다고!"

"그럼 넌 왜 나한테 이런 부탁을 하는데!"

갑자기 선호가 꽥 소리를 질렀다. 나는 숨이 콱 막히며 머릿속이 하얘졌다.

엄마 아빠를 만나다

선호에게 미안하다. 하지만 내가 할 수 있는 방법은 이것밖에 없다. 나도 이런 내가 너무 싫다. 방문이 다 열려 있는데 동동희 여사가 보이지 않았다.

"할머니! 할머니 어딨어?"

지금 이 시간에 갈 데가 없는데 이상했다. 짧은 시곗바늘이 10을 지나고 있었다.

휴대폰 단축번호 1을 누르자 귀에 익은 동동희 여사의 애창곡이 흘러나왔다.

"날 좀 보소오, 날 좀 보소오, 날 조옴 보소오오오오오 동지섣달 꽃 본 듯이이이이이……."

"여보세요? 할머니 어디 갔어?"

전화기 너머로 여러 사람이 시끄럽게 떠드는 소리가 들렸다.

'사람이 많은 곳에 갔나?'

이 시간에는 노인정도 복지관도 다 문을 닫을 텐데…….

"아이고 내 새끼……. 정훈아, 정훈아……."

동동희 여사가 내 이름을 계속 부르며 우는 소리가 들렸다.

'무슨 일이야? 할머니……. 나 여기 잘 있는데…….'

생각한 대로 말이 나오지 않는 신기한 순간이 있다는 걸 알게 되었다. 뭔가 대단히 큰일이 동동희 여사에게 일어난 거다. 아나운서가 들어가고도 남을 시간에 텔레비전 자막에 빨간색 글자가 둥둥 떠다녔다.

〈뉴스 속보. 2011년 히말라야에서 실종된 산악인 서민철 대원과 아내 김유림 씨의 시신 현지 셰르파에 의해 발견. 오늘 저녁 인천공항에 도착 후 현재 한국병원으로 이송 중. 서민철 씨 어머니 안타까운 오열.〉

가슴이 쿵쾅거리며 요란하게 요동을 쳤다.

곧 아나운서의 상기된 목소리와 에베레스트산에 오르는 산악인들의 모습이 화면 속에서 되풀이되었다.

"뉴스 속보입니다. 지금 한국병원에 고 서민철 대원의 어머니 동동희 여사가 도착했다는 소식입니다. 이번에 시신이 발견된 고 서민철 씨와 김유림 씨에 대해 좀 더 자세히 알아볼까요? 현장에 나가 있는 신민교 기자 연결하겠습니다."

"네! 신민교입니다. 이곳은 고 서민철, 김유림 씨의 시신이 도착한 한국병원입니다. 서민철, 김유림 씨는 우리나라 역사상 최초로 에베레스트 등반에 성공한 부부 산악인으로 많은 분들이 기억하고 계실 텐데요, 등반에 성공한 이듬해 다른 루트를 찾아 또다시 도전을 하게 됩니다. 등반에 성공은 하지만 하산하면서 함께 등반했던 동료 2명이 조난을 당하게 되면서 실종되는 안타까운 일이 벌어집니다. 한국에 돌아온 서민철, 김유림 부부는 실종된 동료의 시신을 한국으로 데려오겠다며 다시 에베레스트에 오르게 됩니다. 당시 이들 부부에게는 여섯 살 된 아들이 한 명 있었는데 현재 골키퍼의 꿈을 키우는 축구 선수로 알려졌습니다. 이상 한국병원에서 신민교였습니다."

"네! 감사합니다. 그렇군요. 여섯 살 된 아들이 어엿한 축구 선수로 성장한 모습을 이제 한국으로 돌아와 보게 되었네요. 삼가 고인의 명복을 빕니다."

집 안을 휘, 훑어보았다. 조금 전까지 있던 동동희 여사만 없을 뿐 변한 건 아무것도 없다. 하지만 이상하다. 이 세상 어디에서도 찾을 수 없었던 엄마 아빠가 드디어 내가 살고 있는 이곳으로 왔다고 한다.

송대범에게만 있을 것 같은 아빠가 나에게도 있다고 지금 뉴스에서 알려 주었다. 내 기억 속의 엄마 아빠는 늘 등산복을 입고 커다란 배낭을 메고 있다. 배낭 안에 무엇이 들어 있을까 궁금했다. 움직일 수 없을 만큼 엄청나게 무거운 돌은 아니었겠지……

"엄마 아빠 금방 다녀올게. 할머니 말씀 잘 듣고 있어. 아빠 친구 빨리 찾아서 데리고 올게. 아빠 보고 싶으면 이거 보고 말해."

'첫돌을 축하합니다. 엔젤 뷔페'라고 쓰여 있는 플래카드 아래서 한복을 입은 엄마 아빠가 아기를 안고 찍은 가족사진. 나는 엄마 아빠가 떠난 뒤 유리 액자에 들어 있는 엄마 아빠에게 아침마다 인사를 했다.

"엄마 빨리 와. 아빠도 빨리 와."

사진은 아무 대답도 해 주지 않았다. 대답 없는 사진에게 더 이상 아침 인사를 하지 않는 날이 늘어나면서 엄마 아빠가 보고 싶어서 죽을 것 같은 마음이 조금씩 희미해졌다. 할머니가 어느 날 들고 온 축구공은 세상에서 가장 재밌는 장난감이었다.

그냥 달리는 건 시시했다. 공을 차며 달리는 건 새로운 숙제였고 도전이었다. 동동희 여사가 '지가 하고 싶은 거 하게 냅둬라.'라고 했을 때 나는 뒤에 붙은 말을 듣고 말았다. '지 부모 닮아서 기어이 하고 싶은 거 하고 말 겨.'

엄마 아빠가 기어이 하고 싶었던 일이 무엇이었는지 오늘에서야 알게 되었다. 지금, 오늘 같은 순간도 하필이면 왜 나 혼자여야 해? 누군가 빨리 나에게 와 주면 좋겠다. 누군가 내게 어떤 말이라도 해 주면 좋겠다. 전화벨이 울린 건 그때였다.

"정훈아! 나야 선주……. 괜찮아?"

"누나?"

괜찮냐는 질문은 내가 정말 괜찮은지 묻는 게 아니다. '괜찮아야 해. 괜찮게 지내고 있어야 해. 괜찮게 살고 있어야 해.' 하고 말해 주는 거다.

"정말 괜찮은 거지?"

"응, 괜찮아."

고모나 친척들이 물으면 나는 늘 괜찮다고 대답한다. 괜찮냐는 말은 내 외로움을 확인시켜 주었고 나는 늘 외롭지 않다는 대답을 괜찮아로 대신했다. 사람들이 듣고 싶어 하는 말이니까. 하지만 지금은 괜찮은지 어쩐지 모르지만 입으로는 대답을 하고 있었다. 선주 누나가 듣고 싶어 하는 대답을.

"안 괜찮아도 돼. 울어도 돼……."

전화기 너머로 들리는 선주 누나의 말에 나는 괜찮아야 한다며 붙잡고 있던 끈을 놓아 버렸다.

"흐, 흐……흑……."

"울어, 울어도 돼……."

처음이었다. 이렇게 가슴이 저릴 때까지 울어 본 것이.

할머니는 밤늦게 집으로 돌아왔다. 동동희 여사는 날 보자마자 숨이 막히도록 껴안으며 수없이 내 등을 어루만졌다.

"이제 다 잘됐어. 이제 다 잘됐어. 고마워, 고마워⋯⋯. 참 말로 고마워⋯⋯."

동동희 여사, 우리 할머니가 엄마 아빠를 만나고 왔다. 할 머니에게서 엄마 아빠 목소리가 들리는 것 같다.

'고마워. 고마워⋯⋯.'

휴대폰을 켜면 엄마 아빠에 대한 인터넷 기사가 뉴스 칸을 계속 채워 나갔다.

〈서민철, 김유림 씨의 아들 서 모 군은 현재 신라중학교 축구부 골키퍼로서 한국 축구의 기대주로 성장하고 있습니다.〉

무수히 많은 댓글. 모든 사람들이 나를 아는 것처럼 써 놓 은 댓글들이 신기하기만 하다.

└ 힘내세요!

└ 잘 커 주었네요. 할머니에게 잘하세요.

└ 엄마 아빠 닮은 훌륭한 성인으로 성장하기를.

└ 도전 정신 하나는 끝내주겠군.

└ 도전이 가족보다 더 중요한가요? 혼자 남은 아들이 안타깝네요.

'혼자 남은 아들' 옆에서 멈춘 커서가 오랫동안 깜빡거렸다.

누군가는 나를, 누군가는 할머니를 걱정했고. 또 누군가는 엄마 아빠의 도전을 안타깝다고도 했다.

"엄마 아빠는 내 생각을 눈곱만큼도 안 한 거야! 날 사랑하기는 한 거야?"

그때마다 동동회 여사는 아무 대답도 안 해 주었다. 아니 못해 주었다.

오늘은 참 긴 하루다.

마지막 시합

오랫동안 연락이 없던 친척들에게 전화가 오는 것 말고는 달라진 게 없다. 동동희 여사가 아침마다 복지관 노래 교실에 가는 것도, 내가 축구화를 챙겨 학교에 가는 것도 모두 똑같다. 마을버스도 같은 시간에 어김없이 집 앞을 지나가고, 우유 배달 아주머니도 똑같이 우유를 놓고 갔다. 9시 뉴스에서는 독감이 유행할 거라면서 어린이나 노약자는 예방 접종을 해야 한다는 아나운서의 목소리가 흘러나왔다. 엄마 아빠가 돌아왔지만 이 세상은 하나도 변하지 않았고 내 생활도 변한 게 하나도 없다. 기분이 이상하다. 막 화를 내야 할 것 같다가도 얌전하게 굴어야 할 것 같은……. 짜증이 났다가도 괜히 눈두덩이 뜨거워지는. 15년 동안 이렇게 제어가 안 되고 말로 설명하기 힘든 상태를 맞는 게 처음이다.

"정훈아, 오늘이다. 괜찮지?"

아침에 교문 앞에서 만난 선호가 고민을 다 가진 표정으로 물었다. 괜찮냐니? 그렇게 어려운 질문을 나에게 하다니. 그냥 내 마음을 알아주면 되잖아.

선호는 나랑 텔레파시가 통하는 게 있다. 지금처럼.

대답할 기운이 없다는 걸 알았나 보다.

"알았어, 내가 알아서 할게. 까짓것!"

입바람으로 앞머리를 훅, 불어 넘기던 선호가 운동장에 대기하고 있던 버스를 가리켰다.

"오호! 저거 봐라. 동계 시즌 한강 배 축구 정기 리그 신라중 필승을 기원합니다. 오늘도 열심히 응원해 주시네."

버스 유리 창문 아래쪽에 기다란 현수막이 축구부를 응원한다는 듯 딱 붙어 있었다. 버스 옆에는 교장 선생님이랑 교감 선생님, 그리고 선생님들이 모여 있었다. 송대범 아빠와 감독님을 중심으로.

"잘해 보자! 오늘."

내가 손을 번쩍 들어 선호에게 내밀었다. 선호가 불꽃이 튈 정도로 세게 내 손바닥을 때렸다. 교장 선생님의 지루하고 그렇고 그런 인사말이 끝나자 후원회장님인 송대범 아빠의 파이팅이 이어졌다.

"무슨 대회든 첫 경기가 중요한 법입니다. 오늘 잘 풀리면 우승도 바라볼 수 있습니다. 자! 우리 신라를 위해 다들 파이팅합시다!"

송대범 아빠가 한 손을 번쩍 들어 올리며 인증 샷을 찍었지만 버스 안은 이미 후원회장님이 돌렸다는 축구 양말 덕분에 콘서트장을 방불케 했다.

"허허허! 양말이 맘에 드는 모양입니다."

같이 손을 들어 외치는 사람이 없자 송대범 아빠가 바람 빠진 풍선마냥 쭈그러들며 자리에 앉았다. 맨 앞자리는 늘 감독님과 송대범 아빠 자리다.

"나 275야! 275 본 사람?"

"우씨! 이거 너무 크잖아. 270 어디 있냐?"

"색깔이 뭐 이러냐? 노랑도 아니고 빨강도 아니고. 나 주황 별로인데."

"쫌 똥색 같긴 해. 큭큭."

"난 280인데? 감독님! 280 있어요?"

범수가 똥색 나는 양말을 흔들며 소리를 지르자 자리에 앉으려던 감독님이 못마땅한 듯 애들을 쳐다봤다.

"자! 양말 모두 가방 속에 넣고! 출발한다!"

나는 270인지 280인지 모를 양말 한 켤레를 가방 속에 쑤셔 넣었다. 똥색 나는 양말이라 그런가? 똥 냄새가 나는 것 같다. 멀미를 한 듯 개운하지 않은 기분으로 운동장에 도착했다. 그리고 나는 약속이나 한 듯 벤치에 앉았다. 골대 앞에 축구공 하나가 보였다. 오늘 어쩌면 저 공을 한 번도 못 만져 볼지 모른다. 골키퍼가 축구공을 만져 볼 수 없다는 건……. 나는 자격이 없다는 생각이 들어서 끼고 있던 축구 장갑을 벗었다. 예상대로 감독님은 선발로 송대범을 호명했다.

"오성중학교가 우리에게 첫 승을 안겨 주겠군요."

송대범 아빠가 감독님에게 웃음을 흘리며 말하고는 관중석으로 갔다. 표정의 변화가 없는 감독님의 미간이 살짝 움직이는 걸 봤다.

운동장으로 걸어 나가는 선호와 눈이 마주쳤다. 두 눈을 살짝 감았다 뜨고는 고개를 끄덕였다.

'선호야…….'

머리부터 발끝이 한 뼘도 안 될 때까지 선호를 바라보며 이름을 몇 번이나 부르고 또 불렀다. 나랑 축구를 시작한 선호, 시합에 나갈 때마다 같이 기뻐하고 슬퍼해 주던 선호. 그런 선호에게 오늘은 기어 들어가는 소리로 이름을 부르고 있다.

경기가 시작되었다. 골대 앞에 서 있는 송대범이 오늘따라 커 보였다.

우승해서 좋아하며 펄쩍거리는 송대범을 상상하다가 한숨

을 길게 내뱉었다.

'안 돼…….'

"우와아!"

옆에 있던 태주가 벌떡 일어나더니 두 손을 꽉 잡고는 한 발짝씩 걸어 나갔다. 선호였다. 수비수 선호가 골을 몰고 상대방 골문을 향해 달리고 있었다. 수비 두 사람을 제치고 오성중 골문 앞까지 번개처럼 달려 나갔다.

"고오올! 고오올! 넣어 버렷!"

태주가 목이 터져라 외쳐 댔다. 귀청이 떨어지는 줄 알았다. 선호가 골키퍼와 일대일 상황을 만들더니 왼발로 힘껏 공을 때렸다. 가슴이 쿵쾅거렸다. 숨이 멎을 것 같았다. 눈을 꽉 감아 버렸다.

"하아……."

여기저기서 탄식이 흘러나왔다. 눈을 뜨는 게 무서웠다. 지금 무슨 일이 펼쳐지고 있는 걸까?

"아오! 진짜……. 저걸 못 넣냐? 선호 저 자식! 시합 나가서 골 넣는 게 소원이라더니 만날."

태주의 아쉬움 가득한 목소리를 듣고서야 무거운 눈꺼풀을 들어 올렸다.

손에 땀이 났다. 못 넣었다. 선호가 공을 날려 버렸다. 좋은 기회를 놓쳤다. 가슴은 계속 쿵쾅거렸고 머릿속은 엉킨 실타래가 계속 엉키고 있는 듯했다. 감독님도 허벅지를 픽, 소리가 나게 때리는 걸로 아쉬움을 달랬다.

"생각보다 오성중이 별거 아니네! 이길 수 있을 것 같은데."

태주가 입에 침을 바르며 오성중을 깎아내렸다.

"그래도 자만하면 안 돼."

마음에도 없는 소리를 했다.

"어? 어? 저건 또 뭐야? 선호 쟤 오늘 왜 저래?"

수비수 선호가 우리 팀 골문 바로 앞에서 태클이라니. 페널티 박스 안에서 상대 선수가 누워 뒹굴고 있었다. 심판이 선호 앞에 옐로카드를 들이밀고 있었다.

"하아! 페널티 킥……."

기회를 놓치지 않고 오성중이 페널티 킥을 성공시켰다. 곧이어 전광판 숫자가 1대 0으로 바뀌며 전반전이 끝났다. 감독님의 무거운 표정과 우리 팀의 서운한 표정이 선호에게 집중되었다. 선호는 입을 꾹 다문 채 수건으로 얼굴에 흐르는 땀만 훔쳐 냈다.

"야! 너 미쳤어? 네 자리나 잘 지키라고. 어? 왜 골문 앞에서 반칙을 하고 그래!"

아나나 다를까 송대범이 씩씩거리며 선호에게 화풀이를 했다. 땀범벅이 된 선호가 들은 척도 안 하고 내 옆자리에 앉았다.

"물 마셔."

선호가 아무 말 없이 물 한 병을 다 마셨다.

'미안하다……'

나 때문이니까.

"너! 똑바로 해라. 장난치면 죽는다!"

송대범이 선호 앞에 팔짱을 낀 채 서더니 위아래로 훑어보았다.

"야! 송대범! 나 좀 웃기지 마라. 응? 넌 축구를 장난으로 하냐?"

선호가 어이없다는 듯이 웃었다. 아직 할 말이 많다는 듯 말을 이었다.

"나! 예전의 내가 아니야! 다신 너 따위에게 조종당하지 않는다고!"

갑자기 송대범의 얼굴이 붉으락푸르락해지며 일그러졌다. 당황한 듯 목소리까지 떨렸다.

"야! 너, 너 죽고 싶냐?"

"죽일 수 있으면."

"뭐? 뭐야? 이게 정말……"

"아참! 너 우리 누나 알아?"

"내가 네 누날 어떻게 알아? 이게 정말 확!"

"몰라? 러블리 애플 닮았는데."

"뭐라는 거야?"

송대범이 실실 웃어 댔다.

"황, 선, 주. 우리 누난데."

갑자기 송대범이 말문이 막힌 듯 멍하게 있더니 '하아, 진짜!' 하며 헛발질을 했다.

"나, 결심했어! 이 시합 끝나면 모든 사람들한테 다 말하려고. 네가 어떤 앤지! 네가 나한테 어떻게 했는지!"

"너, 진짜 죽을래?"

큰 소리가 나자 수비수들에게 지시를 하던 감독님이 힐끗 쳐다봤다.

송대범이 선호를 한참 노려보고서야 자리를 떴다. 씩씩거리며 걸어가더니 자꾸만 뒤를 돌아보았다.

"너어! 좀 있다 보자!"

송대범의 말 따위는 아무래도 상관없었다. 선호가 오복빌라 앞에서 했던 말이 계속 떠올라 마음이 무거웠다.

'죽을 것 같았어. 너한테도 애들한테도 너무 미안하고 창피하고 내가 싫어서……. 송대범이 조종하는 대로 움직이던 그

날 장난감이 된 것 같아 죽을 것 같았다고.'

죽을 것 같았다고……. 죽을 것 같았다고 선호가……. 너 때문에 선호가! 적어도 나는 송대범 같은 놈은 아니야. 송대범 같아선 안 돼. 이건 잘못된 선택이야. 마음속에 있던 생각들이 바보 같은 나를 깨워 주었다. 고맙게도.

"선호야, 우리 이제……. 그만하자."

골 막는 수비수 선호에게 내가 무슨 짓을 시킨 건지. 땀으로 온몸이 젖어 있는 선호 얼굴이 벌겋게 상기되어 나를 쳐다봤다. 눈이 빨갛게 충혈되어 있었다.

"그만하자니. 무슨 뜻이야?"

"내가 말했던 거……."

"짜식! 난 또 뭐라고. 걱정 마. 내가 바보냐? 두 번 비겁한 짓 안 해."

안도감과 미안함과 고마움이 마구 섞인 종잡을 수 없는 감정들이 회오리치듯 몰려왔다.

선호가 다시 운동장으로 걸어 나갔다. 나는 선호 등에 대고 큰 소리로 외쳤다.

"진짜 잘해라!"

좀 더 멋진 말을 했어야 했는데. 아, 홀가분하다. 홀가분하다. 홀가분하다.

선호가 다리를 절룩거리며 걸어 들어오고 있었다. 어이없는 일이 일어나고 말았다. 지석이가 넣은 골로 1대 1이 된 채 후반전 종료 직전이 되었다. 상대방 선수가 골을 몰고 들어오고 있었다. 선호가 몸을 날려 공을 가로챘다. 우리 팀 모두가 안도의 숨을 쉬고 있었는데…….

숨고르기를 위해 수비수 민국이가 공을 가볍게 몰고 있었는데 상대방 공격수 하나가 잽싸게 민국이에게 덤벼들었다. 당황한 민국이가 골키퍼인 송대범에게 패스를 한 공이 앞에 있던 선호의 발을 맞고 어이없이 굴절돼서 들어가 버렸다. 생각보다 빠른 속도에 손쓸 겨를도 없이 공은 송대범의 손끝을 지나 골네트를 흔들었다. 자살골…….

전광판 숫자가 2대 1로 바뀌자 송대범이 갑자기 멍하게 서 있는 선호 다리를 걸어찼다. 송대범은 경고를 받았고 선호는 쓰러졌다가 힘겹게 몸을 일으켰다. 나는 머릿속이 하얘져서 꼼짝도 못 하고 벤치 앞에 서 있었다.

다시, 파이널

"아니! 저 자식이!"

감독님이 버럭 지르는 소리에 옆에 앉았던 교장 선생님과 송대범 아빠가 깜짝 놀라 일어났다. 놀라기는 벤치에 앉아 있던 우리도 마찬가지였다.

"헉! 송대범 쟤 왜 저래? 제정신이야?"

태주가 깜짝 놀라 벌떡 일어나서는 어이없다는 듯 씩씩거렸다.

"야! 뉴스에 나올 일이다 정말. 어떻게 운동장에서 자기편 선수를……."

있을 수도 없는 일이 눈앞에서 일어난 거다. 애들은 술렁거렸고 교장 선생님은 입을 꾹 다문 채 한숨을 쉬더니 자리를 떴다. 송대범 아빠는 '아니, 아니 쟤가…….'만 반복했다.

그때 누군가가 하는 말이 귀에 들어왔다.

"소문이 맞나 봐. 쟤 송대범 애들 괴롭혀서 전학 갔었대. 예전에도 같은 반 애한테⋯⋯."

선호가 절뚝거리며 들어오고 있었다. 폭풍 전야에 놓인 위태로운 촛불이 된 기분이다. 송대범 아빠는 고개를 숙인 채 머리를 감싸 쥐었다. 곧 감독님 뒤를 따라오는 송대범이 보였다. 송대범은 눈길 한 번 주지 않고 곧장 라커룸으로 들어갔다. 송대범 아빠는 한숨을 쉬며 감독님 옆에서 어쩔 줄을 몰라 하고 있었다.

"하아⋯⋯. 저놈을 그냥! 감독님께 정말 죄송하고 면목이 없습니다⋯⋯."

감독님은 어떤 대답도 않고 입을 굳게 다물었다. 송대범 아빠가 알아듣게 타이르겠다는 말을 하며 감독님 두 손을 억지로 잡았다.

"대범이 미래를 위해 이제 결정해야 합니다. 대범이는 축구를 모릅니다! 남 감독은 어쩔 수 없이 떠났지만 저는 절대로 그냥 가지 않을 겁니다. 열심히 뛰는 저 애들을 위해서라도 바로잡을 겁니다!"

잠자코 있던 감독님의 목소리에서 단호함이 묻어났다. 송대범 아빠는 알까? 잘못을 타이르는 건 어른들 몫이지만 잘못이 무엇인지 알아야 타이를 수 있다는걸. 대범이는 축구를 모릅니다……. 감독님 말씀을 몇 번이고 따라 읊조렸다.

심판이 빨리 선수 교체를 하라며 신호를 보내왔다.

"정훈아! 시합 마무리할 수 있지?"

감독님이 나를 쳐다봤다. 나는 바람에 위태롭게 몸을 태우고 있는 곧 꺼질 촛불이었다.

"결과는 중요하지 않다. 최선을 다해라."

쿵쾅거리던 가슴속에 얼음이 들어 있다. 절대 녹을 것 같지 않은 얼음. 너무 차갑고 딱딱해서 만질 수 없고, 감히 만질 생각조차 하지 않았던 얼음이다. 최선을 다해서 얻는 게 뭐가 있는데요? 결과가 중요하지 않다고요? 최선을 다하라고요?

엄마 아빠는 최선을 다하려고 떠났는데 결과가 좋았나요? 엄마 아빠는 나에게 최선을 다한 건가요? 왜 감독님은 말도 안 되는 소리를 하는 거예요?

우리는 졌어요! 오늘 시합에서 졌다고요! 그래서 끝난 거라고요!

나도 선호도 다 끝났다고요! 잘못을 저지른 송대범은 우리에게 용서를 구하지 않았다고요. 가슴이 터질 것 같았다. 목구멍이 아파 왔다. 나오려고 발버둥 치는 말들이 좁은 목구멍 안에서 막혀 버린 것 같다.

"정훈아! 다시 네 자리로 돌아가라!"

감독님이 내 어깨를 두드렸다.

'내 자리?'

아! 가슴속에 넣어 두었던 얼음에 미세한 금이 생기는 듯 했다. 촛불이 얼음을 녹여 내고 있었다. 내 자리는 어디였을 까? 엄마 아빠가 없는 동안 늘 내 자리는 운동장이었다.

달리고, 차고, 막아 내고. 엄마 아빠가 언젠가는 내가 있 는 운동장으로 달려올 거라고 상상하고 또 상상하며 내 자 리에서 버텼다. 서정훈의 자랑스러운 모습을 보여 주고 싶었 다. 상상만 하던 엄마 아빠가 드디어 돌아왔다. 동동희 여사 도, 친척들도, 뉴스에서도 다들 제자리로 돌아왔다고 했다. 엄마 아빠가 드디어 제자리로 돌아왔다고……. 엄마 아빠의 제자리는 어디였을까?

눈이 퉁퉁 부은 선호가 내 옆으로 다가왔다.

"선호야……."

선호가 한 모금 마신 물병을 건넸다.

선호가 입을 쓱, 닦더니 나를 위로하듯 태연한 척 말했다.

"너, 쫄았냐? 자기 이름 걸고 부끄러운 축구만 안 하면 돼!"

'부끄러운 축구…….'

알몸으로 운동장을 누비고 다닌 것처럼 얼굴이 화끈거렸다. 이 자식, 선호.

"나 오늘 한순간도, 부끄러운 축구 안 했어. 적어도 난 축구를 배신하진 않거든."

가슴이 찌릿했다. 울컥, 뜨거운 것이 올라왔다. 어깨에 메고 있던 무거운 짐을 바닥에 탁, 내려놓은 기분이다.

고맙다.

"그러니까 너도, 알지?"

대답 대신 고개를 끄덕여 주었다.

"아참! 그리고 말이야. 너 진흙에 빠지면 내가 나무판 던져 줄게."

뭐냐……. 황선호. 이 상황에서 저런 오글거리는 고백을 하다니! 어쨌든 고백은 받아들여야지 싶어 엄지를 들어 흔들었다.

"아, 또 있다. 우리 누나가 답장 언제 줄 거냐고 물어보래."

"어? 그, 그게……."

"나 어제 우리 누나랑 싸웠잖아. 아니 자기가 뭔데 너한테 나무판 던져 준다고 난리냐. 웃기지 않냐?"

"어……. 웃겨. 아니, 안 웃겨."

"뭐래? 나 감독님께 드릴 말씀이 있어서. 이따 보자!"

태주라면 눈치챘을 텐데. 휴우……. 가슴이 터질 것 같다.

얼굴이 화끈거렸다. 꼭꼭 숨겨 왔던 누구에게도 들키지 않으려던 첫사랑을 허무하게 들켜 버릴 뻔했던 짜릿한 순간이 선호라서 다행이다.

선호가 감독님에게 달려가는 걸 보며 나도 운동장으로 달렸다. 골대 앞으로 한 발짝씩 다가갈 때마다 시원한 바람이 따라왔다.

"정훈아! 정훈아!"

바람을 따라 누군가가 내 이름을 부르는 소리가 들린다. 하늘이 파랗다. 엄마 아빠가 있던 곳에서도 저 하늘이 보였겠지. 엄마 아빠가 어디선가 보고 있다면 끝내주게 잘 보일 날씨다.

사실 며칠 전, 진흙에 빠졌을 때 나오는 방법을 알아냈다. 자꾸 발을 디디지 말고 그냥 하늘을 보고 갯벌에 누우면 된다. 내 몸이 나무판이 되어야 한다. 누운 채로 발을 빼면 되는 거다. 나는 기어서든, 굴러서든 진흙 속에서 나올 거다. 내 나무판은 단단해졌다.

'아직 끝난 거 아니야!'

오늘따라 잔디가 초록이다. 하늘이 푸르다. 바람이 시원하다. 햇살이 따스하다. 모두 나를 응원한다. 공이 날아오른다. 손끝이 찌릿찌릿하다.

다시, 파이널이다.

꿈은 늘 나를 쫓아다녔지만 내가 손을 내밀지 못했다.

어느 때는 방황하고, 어느 때는 포기하고, 어느 때는 오기가 생기는…….

이유를 찾아내는 건 어렵지 않았다.

몇 해 전, 벚꽃이 아름답게 흩날리는 따뜻한 봄날 마음속 나의 말을 들어주시던 엄마가 먼 여행을 떠나셨다. 나의 방황은 다시 시작되는 듯했다. 포기와 오기가 반복되는 듯했다.

그즈음 혼자 공을 차며 운동장을 열심히 달리고 있는 정훈이가 내 마음속에 들어왔다.

정훈이는 왜 이렇게 열심히 달릴까? 꿈을 향해 달리는 것일까? 진짜 꿈을 찾을 수 있을까? 어쩌면 정훈이도 방황하고 있는지도 모른다. 어느 날엔 포기할지도 모를 일이다. 또 어느 날엔 오기가 생기기도 하겠지. 정훈이에게서 내가 보였다.

내게도 정훈이와 같은 시간이 있었다는 게 떠올랐다. 목적지가 없는 곳을 하염없이 걷고 있다고 느끼는 순간이 있었다. 교문을 나설 때마다 어깨에 무거운 짐이 늘어나는 것 같아 도망치고 싶은 마음도 있었다. 돌이켜 보면 그 순간, 그 시간을 견딜 수 있었던 건 나를 응원해 주는 많은 친구들 덕분이었다. 재미없는 나의 어설픈 말에도 박장대소하며 웃어주던 친구들, 어느 가수의 노랫소리에 훌쩍이던 나와 함께 울어주던 친구들, 좀처럼 오르지 않는 성적은 우리 잘못이 아니라고 함께 큰소리쳐 주던 친구들이 있었다.

고민은 늘 우리의 몫이었다. 때로는 실패하고 좌절도 했지만, 어느 틈엔가 다시 한번 힘을 내자고 서로를 응원했다.

갈등과 좌절을 딛고 꿈을 향해 달리는 정훈이와 친구들에게 박수를 보낸다.

이 책을 읽은 친구들이 정훈이가 보내는 응원에 다시 힘을 낼 수 있기를, 꿈을 향해 도전을 멈추지 않기를, 그래서 오늘 행복하다고 느낄 수 있기를 기도한다.

오늘도 꿈을 찾고 있는 친구들에게 말해주고 싶다. 지금 아주 많이 잘하고 있다고, 지금도 충분하다고. 너는 더 단단해질 거라고. 한 뼘 더 성장해 있을 거라고.

꿈은 언제나 다시 일어나고 다시 달리고 끝내 나와 함께이다. 다시, 파이널을 치르고 있는 세상 모든 정훈이들에게 박수를 보낸다.

여전히 하늘은 맑고 푸르다. 햇살도 따스하고 바람도 선선하다. 우리를 응원해 주는 모든 것들이 변함없이 지켜주고 있다.

이 책의 정훈이는 말한다. 다시 파이널이라고.

2021년 새해를 맞으며 신채연

마음을 꿈꾸다 03 *다시 파이널!*

초판 1쇄 펴낸날 2021년 2월 22일

글 신채연

펴낸이 허경애

편집 박옥훈   디자인 최정현   마케팅 정주열

펴낸곳 도서출판 꿈터

출판등록일 2004년 6월 16일 제313-204-000152호

주소 서울시 마포구 양화로 156, 엘지팰리스빌딩 825호

전화번호 02-323-0606   팩스 0303-0953-6729

이메일 kkumteo77@naver.com

블로그 http://blog.naver.com/yewonmedia

인스타 kkumteo

ISBN 979-11-88240-85-2(44810)

꿈꾸다는 꿈터의 청소년 브랜드입니다.